Maude ou comment survivre à l'adolescence

Élizabeth Lepage-Boily

D0885716

LES **I**NTOUCHABLES

5, rue Sainte-Ursule
Québec (Québec)
G1R 4C7
Téléphone : 418 692-0377
Télécopieur : 418 692-0605
www.lesintouchables.com

DISTRIBUTION : PROLOGUE
1650, boul. Lionel-Bertrand
Boisbriand (Québec)
J7H 1N7
Téléphone : 450 434-0306
Télécopieur : 450 434-2627

Impression : Marquis Imprimeur inc.
Conception du logo : Paul Brunet
Mise en pages : Paul Brunet
Illustration de la couverture : Estelle Bachelard
Direction éditoriale : Marie-Eve Jeannotte, Stéphanie Casey
Révision : Patricia Juste Amédée, Élyse-Andrée Héroux
Correction : Natacha Auclair
Photographie : Alexandre Giguère-Duchesnes

Les Éditions des Intouchables bénéficient du soutien financier du gouvernement du Québec — Programme de crédit d'impôt pour l'édition de livres — Gestion SODEC et sont inscrites au Programme de subvention globale du Conseil des Arts du Canada.

Nous reconnaissons l'aide financière du gouvernement du Canada par l'entremise du Fonds du livre du Canada (FLC) pour nos activités d'édition.

Conseil des Arts
du Canada
Canada Council
for the Arts

Dépôt légal : 2013
Bibliothèque et Archives nationales du Québec
Bibliothèque nationale du Canada

ISBN : 978-2-89549-606-9
        978-2-89549-617-5 (ePUB)
        978-2-89549-618-2 (ePDF)

Élizabeth Lepage-Boily

Maude

ou comment survivre à l'adolescence

LES INTOUCHABLES

Pour Barbara

Prologue

Je hais l'adolescence. Et je hais encore plus tous ces vieux cons qui s'entêtent à me faire croire que c'est la plus belle période de l'existence. Des boutons partout sur le visage, des traits encore enfantins sur un corps mal proportionné, des cours assommants donnés de 8 h à 15 h par des profs blasés, des parents maladroits qui veulent être les amis de leurs adolescents, supposément pour mieux les comprendre, mais évidemment pour mieux les contrôler, des expériences humiliantes avec des gens stupides qui croient que la dignité, ça se gagne en jouant à la bouteille dans un sous-sol de banlieue. Belle période de l'existence? Je ne crois pas, non.

Chapitre 1

La jungle du secondaire

Cela fait près de vingt minutes que je martèle la porte de la salle de bain à coups de poing. Je veux juste que ma sœur aînée (gâtée, superficielle et prétentieuse) daigne me laisser entrer quelques secondes pour entrevoir mon reflet dans la glace et peut-être, si j'ai un peu de chance, emprunter son fer plat. Pendant ce temps, mon autre sœur (tout aussi gâtée et prétentieuse, mais moins superficielle, celle-là) hurle depuis sa chambre qu'elle veut dormir et que mes coups de poing l'exaspèrent (ce ne sont pas les mots qu'elle emploie, mais je vous épargne son langage ordurier). Mon autre sœur, elle (oui, j'ai trois sœurs, merci pour votre compassion et vos encouragements; tous les dons en argent et sous forme de chèques destinés à contribuer à la survie de mon espèce seront acceptés), chante à tue-tête *Je serai (ta meilleure amie)* de Lorie — cette chanteuse pop française du début des années 2000 qui a contaminé plusieurs petites filles québécoises avec ces airs puérils, difficiles à oublier dès qu'on les a entendus une fois —, prétextant une euphorie soudaine, mais je ne suis pas dupe : cet hymne folâtre est destiné à me mettre encore plus en colère. Encore une fois, elles m'ont eue : je pars pour l'école les cheveux en bataille et l'air hargneux, comme pratiquement tous les matins.

Je m'appelle Maude, j'ai quinze ans et je suis en troisième secondaire. Je suis la benjamine d'une famille de dingues. Mes sœurs, âgées de vingt-trois, vingt-quatre et vingt-six ans (il n'est pas nécessaire de faire un long calcul pour constater que je suis davantage le résultat d'un condom pété qu'une enfant réellement désirée), vivent encore toutes à la maison, sans aucune raison valable, si ce n'est pour me rendre la vie insupportable. Mon père nous a quittées lorsque je n'avais que quatre ans pour partir vivre au Mexique (ou quelque autre contrée exotique et lointaine) avec une blonde siliconée de vingt-sept ans. Ma mère a fait du mieux qu'elle a pu pour nous élever normalement, mais la normalité et ma mère sont deux choses contradictoires ; les mots « extravagance » et « excentricité » lui conviennent mieux. Après avoir exercé la profession de comptable pendant plus de vingt ans, elle a décidé un jour — probablement en se réveillant un matin pluvieux sans son mari à ses côtés — qu'elle retournait à l'université pour prendre des cours de sexologie.

J'ai donc eu une enfance particulière. J'ai, par exemple, appris l'inexistence du père Noël au même moment que l'existence de... Pour rester décente, je dirai simplement que c'étaient des images «suggestives» (lire: explicites) et traumatisantes qu'une enfant de six ans ne devrait en aucun cas avoir l'occasion de voir. (Vous connaissez l'expression: «Trop d'informations»? Elle s'appliquait ici.) Ma génitrice, Sylvie de son prénom, est présentement en Inde pour enseigner la sexualité aux moines bouddhistes; je devine votre question, mais il y a longtemps que j'ai cessé de chercher à comprendre les initiatives saugrenues de ma mère. Maintenant, chaque fois qu'elle me présente un nouveau projet irrationnel, j'acquiesce d'un mouvement de tête et lui demande combien de temps elle sera partie cette fois. Elle nous quitte souvent pour faire des conférences dans d'autres régions du Québec ou diriger des séminaires dans le monde entier, mais elle revient toujours, et c'est tout ce que j'exige de cette femme écervelée et aimante que j'ai la chance d'appeler maman.

Puisque mes sœurs doivent veiller sur moi pendant les trois semaines d'absence de ma mère, je marche pour me rendre à l'école. Pas question que l'une d'entre elles fasse un détour pour venir me reconduire, oh non! Dans la froidure (- 8000 °C) et la pollution québécoises, mes pensées se bousculent. Selon le discours officiel prononcé lors de notre entrée en première année, l'école secondaire est un endroit qui permet de créer des liens avec les autres, de se développer dans un environnement sain et organisé, pour ainsi mieux se définir en tant qu'être humain. Ma conclusion personnelle: il s'agit en fait d'une étrange jungle d'où tous finissent par sortir vivants mais d'où seuls les plus forts ressortent brillants.

Un boucan familier me sort soudainement de mes réflexions. Emilia, ma meilleure amie, s'élance vers moi telle une gazelle gambadant dans la steppe africaine, heureuse, parce qu'insouciante de la présence des prédateurs. Toujours trop intense, comme à son habitude, elle me lance avec son adorable accent latino: «*Buenos días, chiquita!*» Et comme à mon habitude, je lui réponds d'un grognement nonchalant, disgracieux et monotone (pourquoi elle est mon amie déjà?). Emilia vit au Québec depuis plusieurs années, mais elle continue à mélanger allégrement et aléatoirement l'espagnol et le français. Bien qu'elle soutienne qu'elle ne le fait pas sciemment, je la soupçonne fortement d'utiliser cet atout « exotique » pour séduire la gent masculine, qui, à quinze ans, croyez-moi, n'a pas besoin de davantage d'éléments de persuasion pour être charmée. D'ailleurs, Emilia est certainement la plus belle fille de l'école ; même ces *cheerleaders* anorexiques et attardées n'ont aucune chance face à son charisme. Je me suis souvent demandé pourquoi elle se tient avec moi alors qu'elle pourrait faire partie des « gens populaires » et avoir une adolescence mémorable. Un jour, je lui ai posé la question et elle m'a répondu, sur un ton de « tu me prends pour qui, pauvre truite ? » : « C'est quoi l'intérêt d'être populaire alors que je peux être heureuse ? » Emilia soutient formellement que ces jeunes « pétasses » (son terme, pas le mien) ne sont pas heureuses : elles ne font que s'idolâtrer elles-mêmes et l'une l'autre et se complaire dans un monde artificiel — probablement leur moyen de survivre à l'adolescence. C'est en les croisant à la porte de l'école, alors qu'elles flirtent avec moustache en duvet ou couronne d'acné — les deux types de garçons disponibles à notre école (dans toutes les écoles secondaires en fait) —, et qu'elles inhalent fièrement la fumée de leur tabac à trop cher le paquet, que je comprends toute la lucidité qu'il y a derrière les paroles de ma meilleure amie. Je n'irais pas jusqu'à dire que je suis comblée par ma taille de lilliputienne, mes cheveux brun fade et mes yeux vert marécage, mais je suis moi : une jeune fille unique, imprévisible et souvent déconcertée par les étrangetés de l'existence (qui a décidé que deux pelletées de raisins secs, c'était suffisant dans les Raisin Bran ? Il n'y en a jamais assez !... Non mais, on est en droit de se poser la question), qui ne cherche à plaire à personne.

Chapitre 2

Black Monday

Selon Statistique Canada (ou une autre agence de dénombrement du même genre), l'étudiant moyen ne se souviendra, à l'âge adulte, que de 20 % des notions qu'il a apprises au cours de ses études secondaires. En vertu de cette expertise, j'ai beaucoup de difficulté à reconnaître l'importance de connaissances liées à la multiplication de polynômes et aux doctrines monothéistes ou calvinistes. Le cours d'éthique et de sciences religieuses est un moment de détente particulièrement efficace pour les étudiants de ma classe. Personnellement, la voix du professeur - à un ou deux ans de la retraite - agit comme un puissant analgésique sur mon esprit pourtant généralement intéressé par les questions théologiques (ne me jugez pas s'il vous plaît). Alors qu'il devrait nous convaincre du droit à la liberté de culte et nous enseigner les bons côtés de chaque religion, le pauvre monsieur Brébeuf ne fait que nous endoctriner au catholicisme. Les valeurs de compassion et de tolérance de cette religion sont plus difficiles à croire quand on considère que l'un de ses plus fidèles adeptes ne fait que glorifier ses propres mérites en omettant ses failles et ses sévères restrictions. J'ai du mal à accepter, en toute conscience, les préceptes de cette religion reposant sur l'Immaculée Conception et la résurrection. Les églises ne sont pas vides pour rien : plus personne, aujourd'hui, ne veut être associé à un illuminé qui disait pouvoir changer l'eau en vin et rendre la vue aux aveugles (les SAQ et les chirurgiens ont aujourd'hui remplacé Dieu et, en prime, ils ne nous obligent à faire aucun sacrifice ni profession de foi). Les autres religions ne sont guère mieux : Bouddha, avec son nirvana, et Mahomet, avec sa sunna, m'exaspèrent parfois davantage que Jésus. Je suis peut-être naïve de croire que le monde serait meilleur sans ces cultes ancestraux, mais tant de guerres et de révolutions auraient pu être évitées si tous les humains avaient opté pour l'athéisme. Quoique ces êtres de chair que je dois appeler mes semblables, en l'absence d'idéologies contradictoires, auraient sûrement trouvé une autre raison de se détruire.

Alors que toutes ces hypothèses fondamentales et inquiétantes me traversent l'esprit, je reçois un texto sur mon cellulaire (habilement caché dans ma main) provenant d'Emilia, assise à l'autre extrémité de la classe. Sans doute un signe subtil de la vie pour me rappeler que je réfléchis trop et que des choses beaucoup moins existentielles, mais on ne peut plus essentielles, m'attendent sur cette terre.

Je n'ai jamais compris pourquoi les filles âgées de treize à dix-sept ans sentent le besoin impérieux de s'écrire des textos pendant les cours (lorsque mes sœurs étaient au secondaire, c'étaient des lettres qu'elles s'écrivaient — sur du vrai papier! — et elles se les tiraient par la tête en tâchant d'éviter d'éveiller les soupçons des enseignants; l'effort était plus grand, mais le résultat est le même). Qu'est-ce qui est si important qu'on ne puisse pas attendre à la pause pour se le dire? Sûrement pas ce qu'Emilia vient tout juste de m'envoyer: «*Est-ce qu'on mange ensemble ce midi?*» Parce qu'on mange ensemble tous les midis depuis notre entrée au secondaire, je ne crois pas qu'il soit absolument nécessaire de lui répondre. J'efface le message et tente de me concentrer sur les boniments inégaux de mon professeur. Lorsque la cloche sonne enfin — j'ai l'impression d'avoir vieilli de dix ans —, je rejoins ma meilleure amie qui note toujours les pages à réviser pour l'examen dans son agenda couvert de photos de Robert Pattinson et de Taylor Lautner (personnellement, je ne comprends pas l'engouement général pour ces deux maigrelets, mais passons…). Juste avant qu'elle referme son cahier d'exercices, j'entrevois dans la marge des cœurs entourant le nom de Simon Bazin.

Le dégoût me serre la gorge automatiquement et je retiens un cri d'épouvante, avant de montrer ses croquis d'une main tremblotante, comme si je venais de voir un revenant. L'agacement que m'ont causé mes réflexions sur les guerres de religion n'était qu'une fièvre inoffensive comparativement à l'effroi qui m'habite maintenant. Vraisemblablement gênée que j'aie découvert son amour secret, Emilia s'empresse de ranger ses affaires et s'enfuit dans le corridor. Je la poursuis, l'attaquant de questions, redoutant les réponses : « Vraiment ? » « Depuis quand ? » « Pourquoi lui ? » « Est-ce que je t'ai fait quelque chose de tellement odieux que la seule manière de te venger était de t'enticher de mon pire ennemi ? » Mon amie s'arrête soudain au beau milieu de la nuée d'étudiants pressés et se retourne vers moi, le regard indigné.

— Tu n'es pas *el centro del mundo*, Maude L'Espérance, me lance-t-elle en traçant la forme de la terre d'un geste théâtral avec sa main droite.

Ses paroles ont l'effet d'une bombe. Je suis muette et paralysée. Je ne comprends plus rien. Les élèves me bousculent, mais je reste là, au milieu du couloir, à regarder s'éloigner ma meilleure amie.

Simon Bazin est l'un des *kings* de l'école, cet athlète musclé au sourire enjôleur que l'acné et les autres malédictions de la puberté ont épargné (toutes les écoles en ont un et, n'essayez pas de le nier, vous-même avez déjà eu un faible pour lui). Puisqu'il a un an de plus que moi, à mon entrée en première secondaire, il était celui que l'on avait désigné pour me faire visiter l'école. Emilia s'était retrouvée avec le laideron qui pue des aisselles ; moi, j'avais le mannequin Calvin Klein. J'en étais assez fière, je dois l'avouer. Simon et moi, nous nous sommes immédiatement découvert des points communs : nous sommes tous les deux amoureux du cinéma et *fans* d'humoristes québécois et nous détestons les mêmes choses. Seul le sport nous sépare : j'ai tendance à fuir le ballon et j'accumule les bleus et les foulures depuis que je sais marcher, mais pour faire plaisir à Simon, j'allais parfois l'encourager à ses tournois de basket ou de volley. Nous sommes vite devenus de très bons amis, mais j'avoue avoir visualisé notre mariage une ou deux fois (fois mille) et pensé au prénom de notre premier-né. Il a même eu quelques mois pour apprendre à connaître mes sœurs et ma mère avant que, l'an dernier, alors que j'imaginais les manières les plus romantiques et subtiles de l'embrasser pour la première fois, il m'accoste et me présente, sans plus de cérémonie, sa nouvelle copine, Alicia.

J'étais anéantie mais, au lieu de dissimuler ma colère et de sourire naïvement à sa récente conquête, j'ai fait ce que toute fille sensée (peut-être pas le terme exact…) doit faire dans ce genre de situation: j'ai crié. Je hurlais comme si le père de mes deux enfants venait de me tromper avec la voisine, je pestais contre les garçons, contre leur manière fourbe de me faire croire en leur amour pour m'arracher le cœur par la suite. Après avoir écouté (presque) calmement mon discours, Simon m'a répondu une chose que jamais je ne lui pardonnerai: « Tu n'es pas une exception, tu es aussi bipolaire que ta mère et tes soeurs. » Alors que ces paroles auraient dû me mettre encore plus hors de moi, elles ont, au contraire, calmé mon courroux. Simon a plongé une dernière fois son regard azur dans le mien avant de partir en prenant Alicia par la main. Ma réaction était exagérée ce jour-là, je ne le nie évidemment pas, mais personne n'insulte ma famille, quelle qu'en soit la raison, et il le savait. Il avait le manuel pour désactiver la bombe et il a agi comme un démineur d'expérience. Depuis ce jour, que j'appelle le « *Black Monday* » (en raison du krach boursier de 1929, pas du vendredi des soldes de l'Action de Grâce aux États-Unis, je tiens à le préciser), Simon et moi faisons comme si nous ne nous connaissions pas: même pas un sourire dans le couloir, rien. Je considère (et il doit faire de même) qu'il ne mérite même pas que j'admette son existence.

Mes réactions sont parfois excessives et, oui, je suis souvent égocentrique (probablement des traits de caractère inconsciemment calqués sur ceux de mes sœurs). Ma meilleure amie, qui me dit généralement tout et que j'aime autant que ma famille, m'a caché une chose importante et je ne m'en suis même pas doutée. Je ne vaux rien comme amie.

Chapitre 3

Ma meilleure ennemie

Pendant mon cours de biologie, malgré le fait que la professeure m'ait installée à l'avant de la classe pour que je cesse de distraire mes confrères et consœurs dissipés, comme elle le dit si bien, je n'arrête pas de repasser la scène dans ma tête. Le regard à la fois froissé et désolé d'Emilia perturbe mon esprit. Elle sait le mal que Simon m'a fait, elle connaît l'histoire dans ses moindres détails (je la lui ai racontée si souvent que si elle avait été à côté de moi, son souvenir n'aurait pas été plus clair). Est-ce normal, ce sentiment de trahison ? Est-ce qu'il est égoïste de ma part de considérer que, même s'il n'a jamais été officiellement mon chum, ma meilleure amie ne devrait pas s'éprendre du garçon qui aurait pu être le premier ? Ah ! C'est beaucoup trop compliqué, l'adolescence. Ce sont ces moments, tellement anodins, tellement insipides, mais ô combien perturbateurs, qui me font maudire cette phase transitoire de la jeunesse. Je rêve du jour où j'aurai mon appartement, ma voiture, mon travail et où j'aurai de vraies préoccupations, comme la façon d'équilibrer ma fin de mois et de me débarrasser des fourmis rouges qui se sont établies dans ma cuisine, parce que ÇA, ce sont de vrais problèmes. Je les entends déjà, ces adultes nostalgiques — de l'époque où ils n'avaient pas trois enfants à charge et un ex frustré — qui veulent me faire voir les plaisirs de la jeunesse : « Pas de responsabilités, pas de dettes, pas de comptes à rendre à un patron profiteur… » Je veux bien, oui, mais un adulte n'a pas à gérer une crise émotionnelle découlant de quelques dessins de cœurs faits distraitement dans un cahier d'exercices de morale et sciences religieuses. Je fais quoi, moi, maintenant ?

Lorsque la cloche annonce l'heure du dîner, je me dirige vers ma case, encore incertaine des mots que j'emploierai pour apaiser Emilia et lui expliquer mon point de vue, ma surprise. Je sais qu'elle ne mangera pas à la cafétéria ce midi, trop contrariée pour supporter le tumulte des plateaux que des étudiants affamés laissent tomber bruyamment sur les tables. Quand elle veut la paix, Emilia a l'habitude d'aller se cacher dans un escalier près du gymnase. L'accès est interdit aux étudiants, mais, en vérifiant toujours l'entrée et en surveillant nos arrières, nous ne nous sommes jamais fait prendre. Dès que je pousse la porte, je vois ma copine appuyée au mur, dégustant (le mot est fort) son sandwich au jambon haché. Alors que je croyais qu'elle me demanderait de partir, elle se pousse pour me faire une place, sans un mot. Je m'assois près d'elle et déballe mon pita au poulet, me demandant si je dois parler la première.

— Emilia, je…

— J'aurais dû te le dire, me coupe-t-elle. J'avais peur de ta réaction, je savais que ce que je faisais n'était pas bien. J'aurais dû te le dire, *lo sé.*

— Non, Emilia, c'est moi. C'est vrai que je suis parfois centrée sur moi-même et que je ne prends pas le temps d'écouter.

Je regarde mes pieds quelques instants avant de conclure : *Mejor amiga ?* avec mon terrible accent espagnol.

Ma meilleure amie est, semble-t-il, flattée que j'aie osé lui parler dans sa langue natale (je ne le fais jamais). Elle sourit maintenant de toutes ses dents (difficile de savoir si elle est heureuse ou si elle se moque de mon espagnol). Elle me serre dans ses bras et me dit qu'elle tient à moi, qu'elle a besoin de moi.

— J'ai aussi besoin de toi, dis-je, sans mentionner mes préoccupations face à son nouveau *kick*.

Inutile de risquer d'engendrer à nouveau sa colère.

Je lève mon carton de jus (celui avec la petite paille trop courte qui tombe toujours dans la boîte) à notre amitié et nous buvons une gorgée en riant.

Le reste de la journée se déroule assez normalement. Notre professeur de français est absent, alors nous avons une période libre pour lire le roman obligatoire du cours, *Le Parfum* de Patrick Süskind. J'ai lu ce livre au moins dix fois (bon, peut-être trois), contrairement aux autres jeunes de ma classe, qui se contenteront de lire le résumé. Avec un peu de chance, parce qu'ils ont entendu dire que l'intrigue se conclut sur une orgie, ils iront louer le film adapté du livre, qui est magnifique, et auront une subite envie de parcourir le bouquin, mais ce n'est que vaines espérances, j'en suis plus que consciente.

En retournant à la maison (Emilia habite à quelques rues de chez moi), j'ose demander à mon alliée les fondements de son soudain béguin pour Simon.

— Quand il me regarde, *me siento especial*. L'autre fois, quand je l'ai croisé dans le corridor, il m'a souri. Il est tellement parfait... *Estoy enamorada*— Il t'a souri et voilà, maintenant tu es amoureuse.

Je dois avouer que mon ton frôlait davantage la consternation que la compréhension. L'humeur enjouée d'Emilia migre tout à coup vers une colère modérée.

— *Sí*, Maude, je suis une adolescente normale qui rêve d'embrasser le plus beau gars de l'école. Pis?

C'est toujours ce fourbe «pis?» qui m'empêche de raisonner mon amie. Pis? Rien. Pourquoi je l'empêcherais de vivre ses expériences? Le moment du «j'te l'avais dit» ne sera que plus jouissif. Je m'excuse donc poliment et la laisse poursuivre son récit.

— J'ai entendu dire qu'il était à nouveau célibataire.

Je me retiens à deux mains pour ne pas lui demander pourquoi elle ne me l'a pas dit.

— Alors, je suis allée vérifier l'information auprès de Matt, un de ses amis.

J'étais où, moi, pendant ce temps-là?

— C'est à ce moment que j'ai appris qu'il m'avait déjà remarquée et que je lui plaisais.

Depuis quand?

— Alors, je lui ai laissé mon numéro de téléphone sur un Post-it dans sa case.

Comment elle a pu oser?!

— Et *la historia se terminó así*.

Fort heureusement, nous sommes rendues au coin de sa rue, alors elle promet de m'appeler ce soir et court se réchauffer chez elle. Je suis encore plus consternée que ce matin; je la regarde de nouveau s'éloigner, mais ce n'est plus de la stupéfaction qui m'anime, c'est de la hargne pure et puissante. Je me retiens pour ne pas crier. Je garde un mauvais souvenir de la dernière fois où j'ai mal géré mon irritation. Je m'empresse de rentrer à la maison; mes sœurs sont peut-être *bitchs*, mais elles ne m'ont jamais trahie, elles.

Chapitre 4

Conseil familial

Des milliers de questions bourdonnent dans ma tête, m'empêchant d'avoir une pensée cohérente et objective face à la situation. Deux de mes sœurs sont installées confortablement sur le divan du salon et écoutent une émission de téléréalité à Musique Plus ouvertement destinée à corrompre les esprits faibles.

C'est là, je crois, que je dois vous apprendre quelque chose de plutôt embarrassant à propos de mes sœurs. J'attends toujours plusieurs mois pour inviter des amis à la maison ou leur raconter des anecdotes familiales, puisque ma mère, dans sa « douce » aliénation, a donné des noms plutôt particuliers à ses enfants : mes sœurs ont des noms de princesses des films de Disney. Non, non, je n'invente rien, ma mère a décidé de son plein gré que ses filles souffriraient de nombreux complexes et subiraient tout autant d'humiliations, et mon père (pas vraiment plus intelligent) a accepté sans broncher. Ma sœur aînée porte donc le prénom de la petite sirène, Ariel, la deuxième se prénomme Jasmine et, la plus à plaindre d'entre toutes, ma troisième sœur doit subir chaque jour les moqueries de son entourage à cause des égarements de conscience de notre mère, qui a décidé de la baptiser Belle. S'appeler Belle L'Espérance, c'est la certitude d'avoir une adolescence pénible et une existence jalonnée de difficultés. Heureusement, ma sœur, que l'on surnomme depuis de nombreuses années « la Bête », a su se construire une carapace solide et développer une forte personnalité. Je ne crois pas que j'aurais survécu à une trahison aussi perverse de ma génitrice. Mon nom est assez commun ; beaucoup de fillettes portent aujourd'hui le prénom de Maude, mais quand on sait qu'on est passée tout près de s'appeler Mulan, Aurore ou Cendrillon, on remercie cette impulsion louable qui a un jour empêché notre mère de commettre l'irréparable. J'ai longtemps cru que j'avais été graciée, qu'on m'avait évité d'être soumise à mon tour à la tradition, et que je ne devais mon prénom qu'à un élan de rationalité de ma très instable maman ; j'étais naïve. Elle m'a un jour avoué, quand j'avais dix ou onze ans, qu'elle s'était inspirée de Maud de Galles. C'était un membre de la famille royale britannique, devenue reine de Norvège au début des années 1900. Selon sa photographie sur Wikipédia, c'est une femme sévère avec un nez pointu, des sourcils trop abondants et une chevelure comparable à un gant de crin plié. Malgré ses soi-disant contributions à des œuvres caritatives pour des enfants et des animaux, la troisième fille d'Edouard VII du Royaume-Uni n'est pas le personnage le plus attrayant de la planète. Mais je lui dois mon prénom acceptable socialement et je lui en serai, pour cela, toujours reconnaissante.

Alors que je descends à ma chambre au sous-sol, je crois entendre mes sœurs, la Bête et la sirène, qui se creusent progressivement une cavité fessière dans le sofa, me saluer ou m'insulter en dénigrant un quelconque aspect de mon habillement. Mais je décide de les ignorer, trop préoccupée par les agissements de ma supposée meilleure amie qui me remplissent de doutes. Je croise Jasmine, au bas des escaliers, qui se prépare à me chanter une nouvelle comptine gaillarde pour tester ma tolérance, lorsqu'elle remarque mon air torturé.

— Ça va, princesse ? me lance-t-elle sur un ton compatissant.

— Je vais bien, laisse tomber, lui dis-je en me précipitant vers ma chambre.

Jasmine, comprenant l'urgence de la situation et la douleur qui m'habite, se met à hurler à en faire trembler les murs :

— Conseil familial !

Le conseil familial a été inventé par ma mère le jour où mon père nous a quittées. Elle était désemparée, mais ne voulait pas nous exclure ni nous mentir pour autant. Elle a donc instauré cette tradition toute simple qui consiste à nous réunir en famille, arrêtant tout ce que nous faisons au moment de l'annonce, et à discuter de nos problèmes, de nos craintes, sans peur des jugements, sans rancune ni agressivité. Il y a longtemps que nous n'avons pas eu recours à cette solution, peut-être trop satisfaites de nos vies sédentaires ou simplement inattentives aux douleurs d'autrui. La dernière fois, je crois que c'était lorsque Ariel s'était fait plaquer par son copain, mais il aurait fallu être aveugle pour ne pas remarquer ses soupirs abattus, ses yeux rougis par les larmes et les joggings gris qu'elle n'enlevait plus. Alors, je suis tout de même étonnée d'entendre la princesse arabe crier pour réunir les forces supérieures; je dois vraiment avoir l'air effondrée.

Lorsque les trois princesses sont assises sur mon lit devant moi, attendant que je leur explique mon problème, mon tourment, celui-ci semble soudain si futile que j'ai presque honte d'en parler.

— Ce n'est rien, les filles, retournez à vos occupations, je peux régler mes histoires d'adolescente toute seule.

— Les problèmes d'adolescents sont les pires de tous. Tu as, sans aucun doute, besoin d'adultes pour t'aider.

Si Ariel vivait ailleurs que chez sa mère et qu'elle avait un minimum de responsabilités civiles ou même une situation conjugale stable, j'aurais pu considérer le mot « adulte » comme une attaque à mon intégrité et à mon infériorité d'adolescente, mais puisqu'elle n'a rien de tout cela (et qu'elle est, tout compte fait, la moins « adulte » de nous toutes), je me mets à rire à l'unisson avec mes deux autres sœurs qui saisissent rapidement l'ironie dans les paroles de la sirène. Jasmine poursuit, plus psychologue :

— Elle a par contre raison sur un point, notre « adulte » (les guillemets sont ici mimés) : les crises d'adolescents sont les pires de toutes, et ayant toutes trois traversé des périodes difficiles, je crois que nous sommes au moins en droit d'écouter ton récit.

Même si je suis constamment en désaccord avec mes sœurs et leur balance régulièrement des insultes grossières (des femmes seraient pendues dans certains pays pour moins que ça), je respecte entièrement leur jugement. Elles sont de toute façon ma meilleure issue aujourd'hui.

Éclairée uniquement par ma lampe de chevet et les étoiles phosphorescentes collées au plafond de ma chambre dans un autre millénaire, je raconte donc mon aventure de la journée à mes trois alliées, des cachotteries de ma meilleure amie à son insensibilité (ou la mienne), en passant par mes ennuis de conscience, mes regrets, mes pressentiments.

— Emilia est ta confidente depuis si longtemps, je ne peux humainement croire qu'elle ait pu te trahir de la sorte. Elle doit avoir une bonne raison d'avoir agi ainsi, répond Jasmine, la plus pragmatique des trois.

— Les jeunes filles sont hypocrites et impitoyables lorsqu'il est question de garçons. Qu'elle t'ait trahie ne m'étonne aucunement, se contente d'ajouter Ariel, froide et sévère.

— On sait bien, toi, tu ne fais plus confiance à personne depuis que Maggie s'est enfuie avec ton bel Italien, ose répliquer Belle.

S'ensuit une rude altercation entre une sirène et une bête, emplie de « on ne reviendra pas là-dessus », « je ne lui pardonnerai jamais », « et toi quand le barman Louis t'a laissée, tu étais encore plus chiante que moi », etc. Les belligérantes en viendraient peut-être aux poings si je ne levais pas le ton (mère de trois filles dans la vingtaine à quinze ans, c'est un fardeau difficile à porter).

— Les filles, s'il vous plaît, est-ce qu'on pourrait se concentrer sur MON problème et gérer nos rancunes à un autre moment ?

— Elle a raison, approuve Jasmine, le conseil familial doit être une occasion de laisser nos démêlés de côté et de gérer du mieux qu'on peut la crise existentielle présente.

Jasmine et moi n'avons apparemment pas la même définition du mot « existentielle ». Peut-être est-ce dû au souvenir de sa propre expérience et des attaques personnelles de Belle, mais Ariel lance soudainement, en imitant (pitoyablement) l'accent espagnol d'Emilia :

— Venge-toi !

— Et comment je m'y prends, puissante dictatrice ?

Elle élabore pour moi un plan redoutable dans lequel je dois séduire Simon à l'insu d'Emilia, et l'embrasser avec passion devant elle en me retournant pour lui dire, d'un air trop candide : « Oups, j'avais oublié de te le dire… » Nous rions du scénario machiavélique d'Ariel, principalement parce qu'elle l'a, évidemment, échafaudé depuis bien longtemps pour son propre intérêt et un peu aussi parce que nous trouvons toutes un plaisir dément, presque malsain, à l'imaginer. Notre CF (conseil familial, on suit, s'il vous plaît) se termine très tard, mais nous ne trouvons pas vraiment de solution à mes récentes perturbations. Nous nous remémorons plutôt de vieux souvenirs d'enfance, ma naissance étant, vraisemblablement, un moment marquant pour mes sœurs. Je peux comprendre qu'un bébé qui pleure la nuit lorsqu'on a douze ou treize ans, ça peut facilement — immanquablement — perturber le rythme de vie et l'humeur. Mes sœurs et moi en venons même à la conclusion que je suis la principale raison de leur caractère aigri et ronchon. Finalement, nous nous endormons sur mon lit passé minuit en jouant à Uno. Si ma famille pouvait toujours être aussi unie et empathique...

Chapitre 5

Superficialité et vivisection

Le lendemain, lorsque mon réveille-matin se manifeste fermement, mes sœurs sont déjà debout. Comme tous les matins (les traditions sont les traditions), Ariel occupe la salle de bain et ne daigne pas répondre à mes coups acharnés sur la porte, Belle hurle pour que j'arrête de bouleverser sa paix matinale avant de s'enfoncer la tête dans son oreiller et Jasmine a, en ce vendredi ensoleillé du mois de février, choisi l'un des classiques de son large répertoire : *Ça fait rire les oiseaux*, de la Compagnie créole. Notre CF d'hier, aussi agréable fût-il, n'est aujourd'hui qu'un souvenir. L'amertume et l'irritabilité règnent de nouveau dans la maison des femmes L'Espérance. Ayant encore une fois fondé trop d'espoirs sur la possibilité que ma grande sœur accepte de me laisser passer quelques minutes devant le miroir ou même m'accorde la chance de me brosser les dents, je dois courir dans les rues enneigées pour arriver à l'école à l'heure. Les cheveux couverts de neige, les jeans mouillés et la veste mal boutonnée, je parviens à mon pupitre quelques minutes avant le son de la cloche, pour réaliser, trop tard, que j'ai le mauvais manuel et le mauvais cahier d'exercices ; un livre de mathématiques dans un cours de biologie, ça a ses limites. La professeure me demande donc de suivre avec ma voisine : Emilia (parce que la vie serait trop facile sans ces désagréables coïncidences). Je lui souris discrètement, et aussi gentiment que mon ressentiment me le permet, et approche mon bureau du sien. Je choisis la manière douce ; inutile d'informer les autres élèves de nos désagréments. Emilia place son livre à la jonction de nos deux bureaux et évite systématiquement mon regard. Madame Vivisection (en fait, la pauvre Italienne se nomme Viviane Sectorne, mais l'esprit adolescent étant ce qu'il est...) commence son monologue sur le système nerveux. Emilia en profite pour écrire quelques mots, qui me sont adressés, dans la marge de son manuel : « Je m'excuse... » (Aurait-elle compris la perversité de ses actes ?) « Je n'ai pas eu le temps de t'appeler hier. » (Il semblerait que non.) « Pas grave » sont les mots que je lui réponds avec le minimum de conviction que peut fournir un crayon à mine HB.

Plus tard, durant l'heure du dîner, Emilia se justifie à propos de Simon. Nous ne nous étions jamais chicanées en six ans et, depuis hier, on ne cesse de s'excuser et de se pardonner… et tout ça à cause d'un gars… Maudite adolescence.

— Je suis désolée de ne pas t'avoir appelée hier. J'avais honte de la manière dont je t'ai traitée. J'avais froid, j'avais hâte de rentrer et je ne voulais plus te cacher de parties de notre récit.

« Notre » récit ?!

— Alors, je t'ai tout dit sans tenir compte de tes sentiments.

Après un lourd silence, elle ose enfin me demander, à la dérobée :

— Si je sors avec lui, est-ce que ça te dérange ?

Alors que logiquement je devrais lui répondre : « Oui, ton amitié est trop précieuse à mes yeux pour risquer de la perdre pour un gars qui n'en vaut pas le coup », je bafouille plutôt :

— Simon, c'est du passé. Si tu veux sortir avec lui, vas-y. Je ne vois pas pourquoi je t'en empêcherais…

Je suis officiellement la reine des connes.

Même si elle me connaît trop bien pour ne pas percevoir la contrariété dans ma voix, Emilia décide de l'ignorer, me sourit timidement et me remercie. Elle se hasarde même à ajouter :

— Si tu n'avais pas été d'accord, je me serais détournée de lui immédiatement.

Elle me prend vraiment pour une dinde, je crois.

Ma meilleure amie me propose ensuite de l'accompagner à un party que Simon donne chez lui pour son anniversaire. Même si je préférerais être dans une tempête de sable sur une île déserte avec un tueur en série que de me présenter de nouveau chez Simon, en une telle occasion par surcroît, mon orgueil et ma curiosité de voir Emilia en mode «cruisage» (et si je pouvais l'en empêcher?) me font accepter l'invitation. Ravie que je la chaperonne dans sa tentative de séduction, Emilia me décrit, dans les moindres détails, les éléments qui constitueront sa tenue et les techniques de maquillage et d'épilation qu'elle utilisera. C'est presque devenu intéressant lorsque sonne soudain l'heure de retourner à nos tortures scolaires respectives.

Cet après-midi, je dois subir l'un des pires supplices de l'école secondaire: le cours d'éducation physique. Chaque fois que j'entre dans ce gymnase capitonné, je me demande pourquoi tout ce cirque est obligatoire. Le ministère de l'Éducation prétend qu'il faut «faire bouger nos jeunes». Wow! Une heure d'activité physique par semaine… Trouvez les fonctionnaires responsables de cette initiative ingénieuse et placez-les à la tête de notre système de santé parce que, vraiment, ces bureaucrates ont tout compris! Le seul aspect positif de cet esclavagisme camouflé en décision ministérielle, c'est l'influence occulte qu'ont les muscles du stagiaire sur les filles de quinze ans. Elles cessent mystérieusement leur pépiement agaçant et tombent en pâmoison devant ce jeune adulte, plus stupide encore qu'elles. Mannequin pour Gap et étudiant au baccalauréat en sports et santé, Maxime consacre sa vie à son corps. Bronzage artificiel, blanchiment des dents, musculation, pédicure, gel coiffant et coloration, l'exemple sur mesure (et au poids santé) d'un narcissisme harassant.

— Salut, les jeunes!

Monsieur Univers s'adresse à nous comme si nous avions huit ans et demi.

— Aujourd'hui, nous allons, votre professeur et moi, évaluer vos capacités physiques grâce à une série de tests qui nous permettront ensuite d'établir votre bilan de santé.

Moi qui, chaque soir jusqu'à ce grand jour, me suis endormie angoissée de n'avoir pas encore obtenu ce document stipulant officiellement que je suis une larve flasque, je suis aujourd'hui choyée.

Je fais mes étirements avec Sandrine et Ellie, deux amies (le mot «connaissances» serait sûrement plus approprié), qui n'en finissent plus de s'extasier sur le corps cuivré de Maxime, lequel prend plaisir à l'exposer, nourrissant ainsi les fantasmes de jeunes filles vulnérables. Après bien des «as-tu vu ses pecs? pis ses mains d'homme, ah oui, pis aussi ses fesses bien fermes» (pourquoi pas sa pomme d'Adam symétrique avec son menton rebondi, un coup parti?!), mes deux compagnes se tournent vers moi, intriguées de constater que je n'abonde pas dans le même sens.

— Il est beau, votre Max, là, mais il le sait trop. Et, s'il vous plaît, quelqu'un pourrait lui dire qu'un bronzage naturel, ça donne rarement une couleur jaune pisse?

De prime abord offusquées par les commentaires injurieux que j'ose émettre au sujet de leur beau stagiaire, elles se retournent vers lui pour remarquer ce qui m'a frappée le premier jour de sa formation :

— Il a la peau jaune, s'étonne Ellie avant d'éclater de rire, de concert avec Sandrine.

Parfois, nous ne remarquons pas les choses les plus évidentes, et ce, trop souvent volontairement, pour ne pas briser l'image parfaite que nous nous faisons de quelqu'un et pour éviter d'affronter la pénible réalité. Cet événement anodin me fait tout à coup considérer différemment les réactions étranges d'Emilia, ces dernières semaines : ses remarques irrévérencieuses sur les garçons se sont adoucies, elle était encore plus euphorique et rieuse qu'à son habitude, mais moi, dans mon éternelle ingénuité, j'ai confondu le sentiment amoureux avec la maturité (je préfère ici attribuer mon erreur à l'inexpérience plutôt qu'à l'égoïsme, si personne n'a d'objections).

Lorsque mes introspections s'estompent et que je reviens sur terre, dans le cours le plus futile et désagréable du secondaire, le «beau» Maxime me demande de me lever pour qu'il mesure mon pourcentage de gras avec un appareil en métal ressemblant à une équerre. Je me sens à ce moment comme un cochon qu'on envoie à l'abattoir: on s'assure que son engraissement est adéquat et qu'on peut le vendre. L'apprenti prof se tourne vers moi après avoir fait le recensement humiliant de mon bourrelet et se risque à me dire:

— Tu es dans la moyenne, Maude, mais un peu de sport ne te ferait pas de mal.

Je lui rétorque aussitôt, scandalisée:

— Éviter le bronzage pendant quelques semaines vous préservera peut-être d'un cancer de la peau et me permettrait ultimement de vous prendre au sérieux.

Ellie et Sandrine éclatent de rire. Même le regard offensé de Max et son soudain mutisme ne peuvent calmer leur hilarité. Il se dirige donc vers une autre équipe, semblant tenter de passer outre mes attaques personnelles.

— Comment tu fais, Maude? me demande Sandrine en tentant, les jambes allongées, de toucher ses orteils avec ses doigts. Comment tu fais pour avoir une telle répartie, une telle confiance?

Ces paroles m'étonnent; je ne me suis jamais considérée comme une personne forte ou même confiante, j'ai toujours cru que j'étais seulement différente des autres, plus impertinente peut-être, spontanée. Que l'on me demande d'où me vient cette « audace » d'affronter l'autorité, cette assurance, me flatte d'une certaine façon, autant que cela me surprend. Je réponds donc simplement :

— Je suis sûrement trop naïve pour évaluer les conséquences que peut avoir mon impulsivité.

Les deux filles me regardent alors avec une sorte d'admiration qui me rend particulièrement mal à l'aise. Elles ignorent que c'est moi qui les jalouse ; j'aimerais tellement pouvoir être une ado normale, pouvoir comprendre cette crédulité, cette insouciance qui les habite. J'aimerais moi aussi pouvoir fantasmer sur le beau stagiaire sans que mon cerveau me répète qu'il est jaune et qu'il empeste le Swiss Army. Je me sens parfois comme un savant dans son laboratoire, baigné d'effluves d'ammoniaque, qui cherche à comprendre le comportement de ses cobayes. Il voit leur progression, leurs réactions, leurs instincts, mais ne saisit pas l'essence de leurs gestes, puisqu'il est toujours à l'extérieur de la cage. Je décide alors qu'à ce party auquel j'ai promis d'accompagner Emilia, je me comporterai comme une adolescente typique : celle qui porte des strings en croyant que c'est la bonne chose à faire pour paraître *cool*, celle qui rit des mauvaises blagues des gens populaires pour se sentir aimée, celle qui enfile un décolleté plongeant pour aller à l'école quand ses seins ne sont même pas encore complètement formés, celle qui se regarde dans le miroir le matin en se trouvant hideuse et stupide, mais qui toute la journée s'efforce résolument de paraître séduisante et décidée.

Chapitre 6

La clown-
stripteaseuse

Qui de mieux que la reine de la superficialité pour m'aider à mener à bien mon expérimentation ? Quand arrive le jour J, après des nuits d'insomnie à ressasser des souvenirs pourtant enterrés depuis longtemps, je demande à ma sœur la plus super-ficielle, Ariel, de m'aider dans mon processus de métamorphose. Excitée comme si elle venait de recevoir le plus gros cadeau de Noël, elle décide de commencer par le maquillage (voulant probablement cacher les cernes qui pochent mes yeux). La sirène a étudié en esthétique avant de s'orienter vers les finances (elle avait entendu dire que les plus beaux gars se tenaient dans le pavillon d'administration à l'université), pour enfin faire un BAC en communications qu'elle devrait d'ailleurs terminer bientôt si elle cesse de couler des cours pour cause d'absentéisme. Plus jeune, elle a été approchée par quelques agences de mannequins ; ses yeux bleus et ses cheveux blonds avaient attiré l'attention de plusieurs photographes, mais à cause de sa petite taille de cinq pieds et cinq pouces, elle n'a jamais pu faire de défilés et n'a donc pas poursuivi dans le métier. Elle a cependant toujours des projets dans le domaine du mannequinat : faire des relations de presse, organiser des événements… Selon elle, rien ne presse, elle est satisfaite de son boulot de barmaid et dit profiter de sa jeunesse, sans réaliser que celle-ci s'envole très rapidement. Ariel ne l'admettra jamais, mais les lendemains de cuites sont plus difficiles, son horloge biologique s'active de plus en plus et elle commence à trouver ses collègues de classe plutôt jeunes et immatures.

Pendant qu'elle tente de me mettre du *eye-liner* en dépit des battements incontrôlables de mes paupières, la sirène me demande comment s'est finalement déroulée la confrontation avec Emilia.

— Je ne l'ai pas vraiment confrontée, ni sermonnée, ni même écoutée. Et je ne lui ai pas pardonné. J'ai simplement baissé ma garde et accepté, avec un peu d'amertume, la situation.

— Tu dois te battre pour ce que tu aimes, Maude, rétorque ma sœur en relevant son crayon pour me regarder dans les yeux. Avoue-lui que ça te fait de la peine ou, mieux encore, venge-toi de sa perfidie.

Ariel a assurément un problème majeur avec la vengeance.

Après un instant de silence, je m'aventure à lui poser une question qui me brûle les lèvres depuis bien longtemps :

— Qu'est-ce qui est vraiment arrivé avec Maggie Dubé ?

Maggie était la meilleure amie de ma sœur depuis la fin du secondaire. Elles ont pris leur première cuite ensemble, ont eu leur premier chum presque simultanément et elles projetaient de prendre un appartement ensemble en septembre, il y a deux ans. Mais, à un moment donné, Ariel a commencé à fréquenter un bel Italien, et la solide fraternité qui unissait les deux filles s'est rapidement estompée. Ma sœur est un jour revenue de chez son amie en pleurant et en criant. Elle a passé des semaines (comme je vous l'ai mentionné plus tôt) en pantalon de jogging, a mangé de la crème glacée aux Rolo à même le contenant, et nous n'avons plus jamais revu Maggie.

— Je lui faisais confiance, tu comprends, commence Ariel, semblant incertaine de vouloir me révéler pourquoi elle a rompu avec son copain et avec sa meilleure amie. Celui-là, je l'aimais, Maude, vraiment, et elle me l'a volé sans pitié ni regret.

Pour détendre l'atmosphère qui devient lourde et un peu mélo, j'ajoute, faisant mine d'être offensée :

— Es-tu en train de me dire que j'ai supporté sans ronchonner tous ces garçons en boxer dans la cuisine qui buvaient du jus d'orange à même le carton alors que tu ne les aimais même pas?

Un sourire illumine enfin le visage triste d'Ariel qui poursuit:

— Elle osait me dire qu'elle était ma meilleure amie, mais on ne peut pas faire une chose semblable à quelqu'un que l'on aime ou même que l'on apprécie.

Les mots qui sortent de sa bouche semblent douloureux. L'incompréhension se lit encore sur son visage, même si Maggie n'est plus dans sa vie depuis plus de deux ans.

— Le jour où je le lui ai présenté, j'ai senti qu'elle avait sorti ses griffes et qu'il lui plaisait, mais je ne pouvais pas me faire à l'idée que Maggie pouvait être une telle vipère. Elle l'a séduit et il a rapidement succombé à ses charmes de féline. Je ne lui en veux pas à lui, précise-t-elle, songeuse. Il semblerait qu'elle ait lancé des rumeurs sur mon compte, laissant entendre que je le trompais et que je n'en voulais qu'à son argent et à celui de sa famille. Évidemment, c'était faux, mais elle sait se faire convaincante quand elle veut envoûter un homme.

Ariel me regarde alors, dégoûtée et visiblement blessée. Depuis cette mésaventure, elle n'a plus — ou du moins, plus de la même façon — jamais fait confiance aux autres filles. Les femmes peuvent être perfides et impitoyables — surtout entre elles — lorsqu'il est question d'un amoureux potentiel, et je commence déjà à m'en rendre compte.

— Comment quelqu'un qui t'aime et te respecte peut en venir à faire une chose pareille ? demandé-je naïvement, sans attendre de réponse.

Ma sœur est une personne forte, sûre d'elle-même, audacieuse, mais en la voyant comme ça, le cœur brisé, prisonnière des haillons du passé, je la sens soudain fragile et inquiète. Un sentiment d'impuissance m'habite maintenant ; j'aimerais tant pouvoir la rassurer sur l'avenir, mais les dix années qui nous séparent me condamnent à la position d'apprentie. En mettant la dernière touche de *gloss* sur mes lèvres, Ariel me souffle :

— Tu vas être tellement belle qu'il ne verra que toi, dit-elle en me faisant un clin d'œil complice.

— Je n'y vais pas pour Simon, j'y vais pour Emilia et aussi pour tenter de mieux comprendre le comportement irrationnel des jeunes de mon âge, riposté-je promptement, un peu sur la défensive.

— Invente toutes les raisons que tu veux, petite sœur, mais je sais pertinemment que ton baiser, tu ne l'as pas eu et que tu brûles d'envie de l'obtenir enfin.

Peut-être qu'un peu d'amertume due à l'humiliation m'habite toujours, peut-être effectivement que mon orgueil proéminent me pousse à vouloir toucher les lèvres de Simon, m'accrocher à son cou. Mais ça, jamais je ne l'avouerai à ma sœur; pas question de lui donner de nouvelles armes pour me rendre la vie insupportable.

— Ton maquillage est terminé, tu peux regarder, me dit-elle, fière de sa création.

La première image qui m'apparaît lorsque je vois mon reflet est celle d'une clown-stripteaseuse. Il y a beaucoup trop de couleurs sur mon visage, beaucoup trop de couches de crème, de poudre et même une substance brillante que je ne peux identifier. J'ai l'impression de m'être transformée en quelqu'un d'autre que je ne suis vraiment pas sûre d'aimer. Pour éviter de heurter Ariel, je lui dis tout simplement que c'est « différent ». Elle me réplique alors:

— C'est le but, princesse.

Alors, si c'est le but…

Ma sœur m'entraîne ensuite dans sa chambre pour me faire essayer des vêtements. Nous avons toutes à peu près la même taille dans la famille, alors nous nous prêtons souvent des fringues, ou plutôt nous les subtilisons discrètement dans la penderie des autres. En vendant tout ce que contient celle d'Ariel, on pourrait très certainement nourrir l'Afrique pendant plus d'un an.

Son penchant pour la haute couture est d'ailleurs l'une des raisons pour lesquelles elle habite toujours chez nous, ne pouvant assumer les paiements mensuels d'un logement. Déjà qu'elle a de la difficulté à mettre quatre-vingts dollars de côté par mois pour sa facture de cellulaire et cent cinquante pour sa voiture usagée... Il y a certains vêtements que je n'ai pas la permission d'emprunter (même quand je ne fais que les regarder un peu trop longtemps, elle panique), mais ils sont peu nombreux et j'aurais de toute façon beaucoup trop peur de sa réaction s'il m'arrivait de les déchirer ou de les tacher. Je me contente sans problème de tenues plus modestes. Ariel me présente plusieurs robes, jupes et pantalons, pour la plupart très chic; beaucoup trop pour un party dans un sous-sol de banlieue.

— Aurais-tu quelque chose de plus décontracté, de plus relax? lui dis-je enfin avant que, trop enthousiaste, elle me sorte ses atours Chanel.

Elle me demande alors d'enfiler une paire de jeans Diesel, qu'elle dépose délicatement entre mes mains comme s'il s'agissait d'un trésor mythique, et une camisole noire couverte de paillettes scintillantes. Lorsque je défile avec ses habits devant elle, Ariel ne cesse de me complimenter. Je suis pour ma part plutôt perplexe: j'ai l'air d'une boule disco qui aurait pris de l'ecstasy.

Les métamorphoses dans la réalité ne sont en rien semblables à celles qu'on voit dans les films romantiques ; en me regardant dans l'immense miroir sur pied de ma sœur, je ne vois que moi vêtue de parures étincelantes, les cheveux placés et le visage caché par des couches et des couches de maquillage. Je ne suis pas soudainement sublime — malgré ce qu'Ariel peut en penser —, et aucune musique héroïque n'accompagne le dévoilement de mon nouveau look. La sirène me dit même que j'ai l'air d'avoir cinq ans de plus (si c'est ce à quoi je ressemblerai à vingt ans, je n'ai pas fini de me faire carter).

J'emprunte les escarpins blancs et le manteau au collet de poil synthétique de la Bête et file rejoindre Emilia chez elle.

Je cogne à la porte et monsieur Ortega vient m'ouvrir.

— *Hola*, Maude, entre.

Forcé de discuter avec moi pendant que sa fille unique finit de se préparer, il me demande comment se porte ma mère. Je n'ai pas le temps de répondre qu'Emilia descend le grand escalier central, illuminée par le lustre de cristal qui surplombe le hall d'entrée (je vous ai dit que ses parents sont riches ?). Elle est magnifique (comme toujours). Elle porte une robe noire moirée qui lui descend jusqu'aux genoux, ses cheveux, remontés, sont prisonniers d'un élastique doré, et un collier de perles encercle son cou effilé. Son père, qui a gentiment offert de nous reconduire chez Simon, nous ouvre la porte arrière de sa Lexus Hybride RXh, un beau camion valant pas moins de soixante mille dollars, comme un chauffeur de limousine le ferait pour ses prestigieux clients. Je ne me sens pourtant ni à l'aise ni populaire en ce moment, mais plutôt ridicule. Les souliers de Belle me font mal aux pieds, et le string qu'Ariel m'a forcée à porter pour qu'on ne voie pas les marques de mes sous-vêtements sous mes jeans me donne la désagréable impression d'avoir de la soie dentaire entre les fesses. J'ai soudainement l'horrible sentiment d'avoir commis une énorme erreur en acceptant d'accompagner ma meilleure amie à cette fête débile. Je tente de me convaincre que je le fais pour la science, pour essayer de comprendre mes semblables, mais ma conscience ne cesse de me tourmenter. Emilia, elle, a l'air tout à fait à l'aise, à en juger par l'immense sourire qui fend son visage.

— Tu es jolie avec du maquillage, *chiquita*, me dit-elle avec une joie démesurée.

Je la remercie et retourne à mes regrets passagers. Lorsque la voiture s'arrête devant la maison de Simon, je n'ai plus aucun doute : ma présence ici est une bévue monumentale. Je voudrais courir me cacher sous les draps mauves dans ma chambre rassurante, mais mon orgueil me force à feindre l'assurance. En sortant du véhicule, je ne peux maîtriser le tremblement de mes jambes. Consciente du ridicule de la situation, je prends une bonne respiration et marche jusqu'à l'entrée aux côtés d'Emilia qui, elle, tente de contenir son hystérie (un duo incohérent, voire traumatisant si vous voulez mon avis). Un garçon que je n'ai jamais vu, mais qu'Emilia semble connaître, nous accueille. Elle me le présente ; il s'agit de Matt, l'un des meilleurs amis de Simon. Matt prend alors ma copine par le bras et l'entraîne vers le salon, me laissant seule dans le vestibule au milieu des paires de chaussures et des manteaux multicolores (pourquoi ai-je accepté de venir ici, moi, déjà ?). Je dépose mes affaires au centre de ce fouillis et pars à la recherche d'un visage familier.

Chapitre 7

Tentative d'infiltration

Dans la jungle, les mâles de plusieurs espèces d'animaux exécutent des danses pour séduire les femelles ; dans le monde des humains, c'est l'inverse. Des filles enivrées par l'effervescence d'une certaine illégalité se trémoussent sous le regard fébrile de minables mineurs. Un troupeau de dindons, entassés autour de la table de la salle à manger, jouent au poker avec leurs lunettes fumées disproportionnées sur le nez et leur attitude de gangsters débutants. Des couples s'étreignent et s'embrassent avec appétit dans différents coins de la maison. La salle de bain est occupée par une gamine qui renvoie son innocence dans la toilette et, un peu, dans ses cheveux blonds. L'endroit, que l'on imagine immaculé avant le passage du troupeau, ressemble maintenant à un champ de mines piétiné. Que c'est beau, l'adolescence !

Bien que je m'efforce d'apprécier l'ambiance festive qui m'entoure, j'ai l'impression d'être le parent surveillant lors d'une visite au zoo avec une classe d'élèves du primaire : angoissé et intimidé. Alors que j'analyse les possibilités de fuite, j'entends quelqu'un crier mon nom au loin, sans délicatesse ni retenue. Ellie, visiblement excitée, me saute au cou et me dit, en me soufflant au visage son haleine de crottes de fromage, que jamais elle n'aurait cru que je me présenterais à cette fête (j'ai moi-même beaucoup de difficulté à le croire).

— Je croyais que tu ne parlais plus à Simon depuis qu'il t'a trompée avec Alicia et que tu lui as craché au visage en lui certifiant que s'il s'avisait de te reparler, tu lui promettais un avenir de tortures et de regrets ?

Juste ça…

L'école secondaire est un lieu où l'information voyage en se transformant et se déformant : une fille qui a mal au ventre un matin est enceinte le soir, et un gars qui porte une chemise rose est assurément un homosexuel refoulé au bout de quelques heures. Chaque geste est interprété, chaque phrase modifiée pour alimenter une rumeur, souvent volontairement (par ceux qui tentent de détourner de leur propre misère l'attention de leurs congénères), et parfois par imprudence, par inexpérience (les plus naïfs saisissent rarement l'étendue de la perversité adolescente). J'ignore si cette rumeur provient de l'imagination débridée de mon « martyr » ou si avec le temps on m'a instinctivement attribué, dans l'anecdote, le rôle de l'aliénée, mais la vérité n'étant pas vraiment plus glorieuse (mes cris hystériques me reviennent honteusement en tête), je décide de me taire et d'ignorer le commentaire déplacé de cette libertine prépubère.

Sans même attendre ma réponse — sa question était, de toute évidence, rhétorique —, Ellie m'entraîne vers le sous-sol, affirmant qu'elle veut me présenter des gens « *cool* » (ça reste à prouver...). J'enjambe avec prudence des carcasses d'adolescents soûlés aux boissons énergétiques, descends les escaliers de bois verni tachés de crème fouettée (aucune idée de ce que ça fait là), traverse l'épais nuage de fumée produit par une glace sèche que l'on a posée sur les tables dans le but de créer une ambiance inquiétante (aucune idée non plus de la raison pour laquelle l'ambiance doit être inquiétante. Est-ce qu'on a changé la date de l'Halloween sans m'avertir?), pour enfin entrevoir les visages apathiques de jeunes simplets qui fréquentent mon école. Ils ne m'ont jamais vraiment considérée comme leur amie; j'ai toujours été cet étrange personnage qui, je viens tout juste de l'apprendre, était plutôt comme une espèce de psychopathe ayant menacé l'un des plus beaux spécimens mâles de l'école. Ils ne peuvent donc cacher leur étonnement de me voir participer enfin à une de leurs activités, particulièrement celle-là. L'un d'eux, malhabile, se lève et, sans plus de cérémonie, tend vers moi, comme une offrande à une divinité, une cuillère et un pot rempli d'une substance qui ressemble à première vue à une sauce à spaghetti très épicée. Je recule aussitôt, comme dégoûtée par l'étrange préparation qu'on me propose trop candidement. Des exclamations et des encouragements retentissent soudainement de tous côtés ; on clame mon nom pour que je goûte cette mixture peu ragoûtante. Alors que les autres s'égosillent autour, Sandrine s'approche de moi et me murmure à l'oreille :

— C'est un genre d'initiation, ne t'inquiète pas, c'est juste des épices mexicaines, du tabasco et du piment fort moulu dans une sauce tomate.

« Ah, si c'est juste ça ! » ai-je envie de lui répondre avec sarcasme et — je dois l'avouer — un brin de panique. Je sais qu'il est encore temps de quitter l'endroit ; j'évalue même mentalement le nombre de pas que je devrais faire entre le sous-sol et la porte d'entrée, mais je décide finalement de prendre mon courage par les cornes (oui, oui, mon courage par les cornes) parce que, pour la première fois de ma courte existence, je me trouve devant une belle occasion de rehausser ma réputation, chose que, jusqu'à ce jour, j'ai considérée comme illusoire. Tout le monde sait que le loup qui reste volontairement à l'écart de ses congénères, qui n'adopte pas les comportements de sa meute, sera le premier abandonné (désolée pour les analogies animales, elles me viennent naturellement). Je plonge donc la cuillère dans le pot avant de la mettre dans ma bouche en me disant que certaines erreurs méritent d'être commises. La pesante substance que j'ingère enflamme immédiatement mon gosier et provoque une toux incontrôlable. Les esprits faibles qui m'entourent émergent de leur smog pour se bidonner : ils ont réussi leur coup. Je deviens alors l'une des leurs. Ils m'accueillent comme si j'avais découvert la formule secrète de la confrérie : Infiltration réussie : presque trop facile. Un des zombies me remet un *shooter* de Redbull (la téquila des mineurs) pour que je trinque, moi aussi, à… En fait, je ne comprends rien à son langage primitif. Je décide donc de boire à la science et laisse le liquide édulcoré jaune râper ce qui reste de mon œsophage. Mon discernement ne cesse de harceler ma conscience pour que je déserte ce lieu hostile avant que le regret lâche son courroux, mais je décide de ne pas écouter ses discours cérémonieux ; la vie a quelque chose à m'apprendre aujourd'hui. Ellie m'apporte des jujubes sur au goût artificiel de pêche et de cerise. Un mélange gagnant pour un estomac démoli : des épices, de la caféine et du sucre concentré !

La fatigue accumulée et le stress des derniers jours ont bientôt raison de ma lucidité. Mon esprit finit par s'emballer et mes inhibitions tombent peu à peu (qui a dit qu'il n'y a que l'alcool qui peut rendre ivre?). Alors que j'achève mon troisième sac de bonbons à la pêche et que j'ai encore les joues remplies de ces confiseries divines, le visage parfait et hypocrite de Simon apparaît dans mon champ de vision. Je suis depuis longtemps désarmée.

— Maude? s'étonne-t-il en m'apercevant, gavée de jujubes, dans un coin sombre de son sous-sol.

— En effet, c'est mon nom, maugréé-je en éclatant d'un rire innocent et irrépressible, causé par l'énervement et l'excès de sucre. C'est Simon, toi, ton petit nom, je crois, non? ajouté-je, au grand plaisir d'Ellie qui s'ébaudit de me voir si détendue et à l'aise malgré la situation «délicate».

— Que me vaut l'honneur de ta présence chez moi?

— Une expérimentation, dis-je instinctivement, sans réfléchir.

— Elle tente d'établir combien de jujubes elle peut mettre dans sa bouche avant d'exploser, intervient Ellie avant d'éclater de rire, amusée de sa propre blague.

— Je vois, dit alors Simon en plongeant son regard azur dans le mien. Tu expérimentes donc sur l'adolescence, si je comprends bien.

Il a effectivement tout compris. Il y a plus d'un an que nous ne nous sommes pas adressé la parole, et il est tout de même parvenu à me cerner en un simple coup d'œil. Je le déteste plus que jamais parce qu'un regret et un manque s'ajoutent maintenant à ma haine. Je ne me souvenais plus de la douceur de ses traits, de la couleur basanée de sa peau, même au fort de l'hiver, de ses yeux azur qui feraient mourir d'amour la plus puritaine des religieuses, de ses cheveux châtains en bataille et de sa voix riche et profonde qui sonne à mes oreilles comme une ballade de Green Day. Le mélange épices-caféine-sucre-fatigue me rend d'un romantisme pathétique ; je crois qu'il serait plus raisonnable d'abdiquer avant la déroute, plus qu'envisageable, de mon estomac et la chute vertigineuse de mon amour-propre. Je tente de me lever pour fuir cet élan sentimental qui me dégoûte autant qu'il me déconcerte, mais mes jambes semblent avoir oublié comment accomplir leur fonction élémentaire : me tenir debout. Les cabrioles que j'exécute pour me sortir de cette impasse amusent beaucoup Ellie, qui ne peut cesser de rire. Je dois m'accrocher aux barreaux de l'escalier pour ne pas m'effondrer pitoyablement sur le sol. Simon tend le bras pour m'aider, mais je le repousse de la main, bien trop orgueilleuse pour accepter son aide.

— J'ai pas besoin de toi, je suis une fille indépendante, forte, insoumise…, grogné-je en levant le bras en signe de pouvoir et d'autorité.

Je poursuivrais sur ma lancée féministe, mais Emilia sort des toilettes en titubant comme un manchot lunatique sur sa banquise du pôle Sud. Je cours alors vers elle et lui lance un « *te amo* » en m'accrochant pesamment à son cou. J'ai l'air, sans aucun doute, d'une incorrigible ivrogne. Ma meilleure amie desserre fermement mon étreinte et me tire jusqu'en haut de l'escalier.

— Il faut que je te parle, me dit-elle sur un ton d'urgence. *Vamos afuera.*

Dehors ? A-t-elle oublié que nous sommes en plein mois de février ? Même les Inuits évitent les discussions nocturnes à l'extérieur de leur igloo par un temps pareil (information à vérifier, mais je suis presque certaine de ce que j'avance…).

Dans l'entrée, Emilia me lance mon manteau en « nylon » ou autre matériel de mauvaise qualité, et m'entraîne à l'extérieur de la maison. L'air hivernal a tôt fait de réveiller mes cellules anesthésiées par les pêches de gélatine, l'éreintement et l'excitation de ma nouvelle expérience de party, qui, soit dit en passant, n'en reste pas moins scientifique.

— Qu'est-ce qui t'arrive ? clamé-je avec plus d'animosité que je ne l'aurais voulu.

— J'ai frenché Matt.

Ne sachant trop quelle attitude je dois adopter en apprenant cette nouvelle, qui, en vérité, ne me concerne pas vraiment et m'importe peu, je me mets à rire. Un rire franc et contagieux, un simple élan de bonheur qui me rappelle pourquoi j'aime cette fille magnifique et ingénue qui fait d'un baiser un problème national. Quelque peu offensée par ma réaction, Emilia façonne une balle de neige et me la lance en plein visage. Je réplique de la même façon. Bientôt, nous sommes trempées de la tête aux pieds et, plutôt que de rentrer pour nous réchauffer et sécher nos vêtements, nous nous jetons dans le banc de neige pour former des anges. Emilia m'annonce subitement qu'elle connaît la solution idéale pour se prémunir du froid et me quitte un instant. Pendant les quelques minutes que dure son absence, je me contente d'observer les étoiles avec perplexité et admiration. Peut-être est-ce l'effet pervers du cocktail d'aliments incompatibles que j'ai précédemment ingéré ou la couleur charbon du ciel qui donne aux étoiles un éclat si imposant, mais jamais je n'avais perçu si vivement l'élégance de la nuit. Je m'imagine même que les étoiles sont les nobles convives d'un bal et que la lune est l'hôtesse de la soirée (note à moi-même : vérifier la quantité de produits chimiques et hallucinogènes présents dans les bonbons Maynards). Lorsque mon amie revient, toujours avec sa démarche caractéristique de pingouin étourdi, elle brandit à bout de bras, comme un trophée, un litre de boisson gazeuse aux fraises.

— Le remède le plus efficace contre le froid ! s'exclame-t-elle en s'allongeant sur la neige à mes côtés. Quand j'étais petite, ma mère me donnait toujours un verre de liqueur aux fraises quand j'acceptais d'aller jouer dehors au lieu de regarder la télévision. C'est devenu, dans ma tête, une solution *contra el frío*, me raconte-t-elle.

Je lui arrache la bouteille des mains et pose mes lèvres bleuies par le froid sur le goulot de plastique.

— C'est vraiment juste dans ta tête ! m'exclamé-je avant de cracher ma gorgée sur la neige. C'est dégoûtant, ton truc !

Insultée par mon jugement disgracieux à l'endroit de son joyeux élixir, elle reprend furieusement son « précieux » (pour Gollum dans *Le seigneur des anneaux* c'est un anneau, pour Emilia c'est un litre de liqueur aux fraises ; chacun ses joyaux), le rebouche promptement et le colle contre son torse comme si c'était un bébé ou un ours en peluche. Elle regarde un moment le ciel et tente d'afficher sa tronche frustrée la plus convaincante, mais il lui faut moins de trente secondes pour éclater de rire, et nous sommes alors encore emportées par une hilarité irrépressible. Lorsque nous nous calmons enfin (bien trop longtemps plus tard), les douleurs dans nos côtes nous forçant à cesser de rire, Emilia, sans se tourner vers moi, me lance :

— Sérieusement, Maude, j'sais pas ce que je ferais sans toi.

Bien que touchée par ses franches paroles, je ne peux qu'être bouleversée par la disparition radicale de toute trace d'accent espagnol. J'ai toujours su qu'Emilia trichait avec sa façon de parler, s'attirant ainsi la sympathie des professeurs et l'envie des élèves, mais la prendre ainsi en flagrant délit est jouissif. Lorsque mon regard conquérant plonge dans le sien, elle comprend bien vite qu'elle vient de briser pitoyablement sa couverture.

— J'aurai toffé six ans, ose-t-elle ajouter pour sa défense.

Je ne sais trop comment réagir ; j'oscille entre l'admiration et le désenchantement. Je comprends à cet instant, qui restera tout de même un souvenir mémorable et amusant, que même si nous croyons connaître quelqu'un rigoureusement, nous ne sommes jamais à l'abri de l'étonnement.

Emilia enchaine en me racontant, par le menu, comment elle en est venue à embrasser le meilleur ami du garçon pour qui elle a le béguin. Je vous épargne les détails, mais il semble que, dans la pénombre, le jeune Matt était beaucoup plus séduisant (apparemment, ce n'est pas Mathieu ni Matthew ; ses parents

— assez futés — l'auraient baptisé de ce diminutif, sachant qu'il serait, de toute façon, surnommé ainsi). Il lui aurait soudainement paru irrésistible.

— Félicitations, mademoiselle Ortega! Vous êtes maintenant officiellement dans la course pour devenir une vicieuse petite garce, ajouté-je avec autant de dignité que mon fou rire me le permet.

Emilia utilise alors la bouteille de boisson gazeuse aux fraises comme micro (disons un micro géant), se lève et s'adresse à la rue déserte comme si elle était peuplée d'admirateurs.

— Merci de m'accorder un tel honneur. Je voudrais tout d'abord remercier mes parents qui m'ont toujours soutenue et ont su croire en moi. *Gracias* à Simon qui m'a ignorée avec tant de noblesse et de sagesse ce soir, et je voudrais remercier tout particulièrement ma meilleure amie.

Elle se tourne vers moi avec un faux air solennel.

— Maude, je sais que je n'ai pas toujours été complètement honnête avec toi, je sais que j'ai parfois agi comme une traîtresse, une irresponsable, mais je tiens à ce que tu saches qu'à partir de maintenant, je serai ta meilleure alliée (j'ai vraiment peur qu'elle se mette elle aussi à fredonner la chanson de Lorie ; ce serait une infâme conspiration…) et je réserverai mon attitude de petite pute mesquine à tous les autres.

Je fais mine d'être touchée par son aberrant discours et me lève pour la serrer dans mes bras engourdis par le froid sibérien que nous avions presque oublié.

Lorsque le père d'Emilia vient nous récupérer vers minuit - ou il est peut-être 1h - ma meilleure amie a la brillante idée de faire croire à son paternel que nous sommes ivres mortes. En temps normal, je n'aurais jamais pris part à son manège, mais de la voir dévaler les marches du terrain jusqu'à la rue en se dandinant comme une soûlonne me donne l'envie de jouer. Les adolescents tentent généralement de cacher à leurs parents qu'ils sont bourrés, nous, nous tentons de masquer notre sobriété (Étranges vous dites? C'est un qualificatif qui nous sied assez bien.) Je la suis dans ses délires, sans trop en mettre, en restant présentable. Mais peu importe l'air que j'ai, ce ne sera pas moi qui devrai subir l'alcotest parental suivi de l'interrogatoire en règle. J'imagine ce que le père d'Emilia pensera de moi et racontera à sa femme à son retour au bercail ; la pauvre Québécoise commotionnée par un banal party de sous-sol. J'avoue que l'excuse de la jeunesse en est un assez efficace dans ce genre de situation humiliante : « Ce n'est qu'une adolescente », dira peut-être madame Ortega à son mari

légèrement indigné par mon comportement ina-
déquat.

Je me retrouve, quelques rires innocents et
traumatismes parentaux plus tard, devant la
porte de chez moi, étourdie et hilare. Au moment
de pénétrer dans la maison, je consacre toute la
capacité de concentration et toute l'énergie qui
me restent à ne pas alerter l'unité familiale. La
porte d'entrée, qui n'a jamais fait aucun bruit
suspect jusqu'à aujourd'hui, grince maintenant
d'une manière démesurée. J'attends un instant
sur le perron pour m'assurer que les gémissements
de la porte n'ont pas attiré l'attention d'oreilles
malveillantes. La chaumière baigne dans un
silence rassurant. J'enlève donc mes chaussures
dans le vestibule et traverse la cuisine à pas de
souris. Malheureusement, je n'arrive pas à éviter la
dernière chaise: mon pied heurte le bois laqué d'une
de ses pattes. La douleur est violente (vous savez, ce
supplice éphémère, mais incomparable, lorsqu'on se
cogne le petit orteil sur un coin de meuble) et je ne
peux retenir un cri… Un ou deux termes bibliques
s'échappent même de ma bouche. Il n'en fallait pas
plus pour que mes trois sœurs envahissent la cuisine
et m'assaillent: «Sais-tu quelle heure il est?» «Tu
sens l'alcool!» «As-tu consommé de la drogue?»

— Je n'ai rien pris d'illégal, les filles, du
calme, tenté-je de les rassurer en me dirigeant
vers ma chambre.

Visiblement, elles ne me croient pas et me suivent jusque dans mon repaire. J'avais tort de croire qu'Emilia serait la seule a être sermonnée ce soir. L'une s'assoit par terre, l'autre sur mon lit et la troisième, Jasmine, reste debout dans le cadre de la porte, arborant un air de mégère frustrée. Jamais je ne rentre à une heure aussi tardive ; mes sœurs semblent donc hésiter entre le soulagement de me voir agir comme une adolescente normale et l'inquiétude... de me voir agir comme une adolescente normale. La complice d'Aladin parle la première :

— As-tu passé une bonne soirée ? me demande-t-elle d'une voix remplie de jugements.

— Oui, Jasmine, j'ai passé une très bonne soirée, lui réponds-je, légèrement offensée qu'on me considère encore comme une enfant.

— Pis, Maude, on se sent comment après son premier party de sous-sol avec des gens populaires ?

Ce commentaire d'Ariel ne contribue aucunement à me faire sentir responsable et appréciée. Si j'en avais la force, je crois que je lui sauterais au cou (comment tu penses que je me sens, pauvre conne ?!), mais, vu ma fatigue, je me contente de lui présenter mon doigt le plus long. Le pire dans cette histoire, c'est que cette expérience dégradante que je vis en ce moment, je ne l'oublierai jamais. Toutes les premières expériences ont une influence sur notre développement, vous dirait un pédopsychiatre, mais ce qu'il ignore, c'est qu'à force d'entendre rabâcher les mêmes théories comportementales, on finit par craindre ces événements qui, semble-t-il, détermineront notre avenir. C'est du moins mon cas. Je n'avais guère envie de me retrouver un vendredi soir, dépitée et déçue, à subir l'interrogatoire de mes sœurs après avoir participé à un premier party de sous-sol. Mais je l'ai fait, parce que c'est ce que la société, ou les imbéciles de mon école, selon le point de vue, m'ont dicté de faire : adopter cette conduite qui me permettra d'être acceptée ou du moins considérée par ce troupeau d'animaux sauvages. La loi de la jungle, à laquelle je tentais d'éviter d'avoir à me soumettre, m'a vite rattrapée et m'a enseigné durement ses préceptes.

Chapitre 8

Le mauvais plan

Le lendemain matin, je me réveille la bouche pâteuse, avec entre les dents de petits morceaux de gélatine à saveur de pêche, l'esprit brumeux et un mal de gorge terrible (j'aurais bien dû me douter que m'étendre dans la neige sans manteau d'hiver n'était pas la meilleure façon de m'épargner une grippe). En tentant d'avaler ma salive sans avoir l'impression qu'un couteau me traverse le gosier, j'évalue la valeur du plaisir d'hier soir à celle des regrets d'avoir eu à confronter mes sœurs au petit matin et d'avoir croisé Simon dans une pièce sombre, et j'en viens à la conclusion que j'aurais dû rester chez nous à écouter un bon film en mangeant du *popcorn* au caramel (mon plan initial).

Enveloppée dans mes couvertures chaudes et réconfortantes, je fixe hypnotiquement les affiches qui couvrent le rose délavé de mes murs d'enfant. Je n'ai jamais eu besoin de repeindre ma chambre depuis ma naissance; j'ai plutôt utilisé des *posters* de films en guise de papier peint (comme le font beaucoup d'adolescents — wow! un comportement juvénile typique! Je ne suis peut-être pas une cause perdue finalement). Le cinéma est un noble échappatoire à la réalité, qui m'exaspère ou me taraude si souvent. Ma grand-mère Gilberte avait l'habitude de nous faire jouer de vieux films des années 1940 et 1950 sur son projecteur 8 mm avant d'aller au lit. Le son de cet appareil en marche était ma berceuse préférée. J'aimais bien la voix rouillée de ma tendre grand-maman lorsqu'elle chantait des berceuses, certes, mais le ronronnement de cette antiquité était un remède efficace contre l'éveil. Je m'endormais en admirant la grâce intemporelle de Grace Kelly ou le charme irrésistible d'Humphrey Bogart; *Rear Window* d'Hitchcock et *Casablanca* de Michael Curtiz étaient mes œuvres favorites. Cette scène finale dans laquelle Humphrey Bogart abandonne sa dulcinée à l'aéroport, malgré l'amour qu'il lui porte, a hanté mes rêves d'enfant. Je n'arrivais pas à comprendre son geste et, pourtant, jamais je n'ai vu de scène d'amour plus belle et poétique que celle-là.

Alors que je me laisse envoûter par le souvenir de ces séquences en noir et blanc qui ont marqué ma tendre jeunesse, le téléphone sonne et m'arrache à ma torpeur. Quelques secondes plus tard, ma sœur la plus acerbe — Belle, en l'occurrence — ouvre ma porte avec fracas et me lance le téléphone sans fil au visage.

— C'est pour toi. Si je me fie à l'accent pédant et désagréable, je dirais que c'est la petite peste prétentieuse qui te sert de meilleure amie.

Belle et Emilia sont comme chat et chien. Elles se détestent depuis le premier jour. Si je me souviens bien, Emilia a osé dire à ma sœur que l'anneau qu'elle avait au nez lui donnait l'air d'une vache portant un numéro matricule, ou quelque chose comme ça. Belle a remplacé son anneau par un faux diamant le lendemain et cultive une haine viscérale pour mon amie depuis ce jour.

— Aurais-tu au moins la décence d'obstruer le microphone lorsque tu insultes la personne qui est au bout du fil ? lui crié-je de ma voix enrouée avant qu'à la hâte elle escalade les marches du sous-sol et disparaisse de ma vue. Désolée pour Belle, tu la connais, dis-je à Emilia en guise d'introduction.

— *No problemo*. Je la déteste aussi.. J'allais justement faire des MEUUHH quand tu as pris le téléphone, me répond-elle.

Je la soupçonne d'adorer haïr ma sœur; c'est devenu davantage un jeu qu'une rivalité à ses yeux. Mon unique peur est qu'un jour l'une des deux soit émotionnellement blessée, plus qu'elles ne peuvent maintenant l'envisager. Mais pour l'instant, je m'amuse bien à les voir se chamailler comme des fillettes qui ne veulent pas se prêter leurs jouets.

— Alors, tu as bien dormi?

— Non, pas du tout, j'ai très mal dormi. Mais me disputer avec ta sœur me donne des forces.

— J'ai eu droit à toute une enquête préliminaire en règle hier. Mes sœurs sont complètement folles lorsqu'elles se donnent le mot pour me pourrir l'existence, soufflé-je dans une longue plainte.

— *Pobre cita. La fiestia fue bien ayer, no?*

— Peux-tu, s'il te plaît, *switcher* en français? Mon cerveau n'a pas la force de traduire aujourd'hui.

— C'est pas facile de se relever de son premier party, hein, la grande?

— C'est quoi là, la grande sage, tu vas me dire que tu as une expérience inégalée de ce genre d'événements, madame Je-suis-*cool*-et-je-sais-tout? répliqué-je, un peu (très) insultée que ma meilleure amie me parle comme mes sœurs — c'est-à-dire comme si j'étais une enfant qui ne connaît encore rien de la vie.

— Ben non. Calme-toi, Maude. Je n'ai rien fait pour mériter cette colère.

Je ferme les yeux et prends une bonne respiration, parsemée de quelques toussotements. avant de lui demander d'excuser mon humeur maussade et mes manières frustes.

— Si ça peut te consoler, j'ai aussi eu droit à tout un interrogatoire en règle hier soir. Je pensais que ma mère allait dessiner une ligne par terre pour que je marche dessus et lui prouve que je n'étais pas ivre. Elle m'a expliqué les effets pervers de l'alcool à long terme et m'a répété comment je ne devais pas me faire influencer par les autres à faire des choses que je n'avais pas envie de faire. J'étais à deux doigts de l'abeille et la fleur...

Son discours me console effectivement un peu.

— Ce n'était peut-être pas une bonne idée de jouer à la fille soûle.

Ça semblait pourtant un si bon plan au départ...

Parce que je n'ai guère envie de discuter davantage, je détourne habilement son attention en l'interrogeant sur sa conquête de la veille, convaincue qu'elle va rapidement m'oublier pour brosser un portrait flatteur de son nouveau soupirant. Pas besoin de préciser qu'il faut que je sois désespérée pour solliciter ainsi ma meilleure amie et l'encourager à cancaner.

Je dépose le combiné sur mon oreiller, appuie ma tête près de l'appareil et, les yeux fermés, écoute distraitement Emilia s'extasier sur la couleur des yeux, la taille des mains et la douceur des lèvres de ce garçon qu'elle connaît à peine. Après plus d'une heure d'aberrante vénération et de ravissements déplacés, mon amie me remercie de l'avoir écoutée avec une telle patience (une telle lassitude, plutôt) et me dit, avec une joie démesurée, presque présomptueuse :

— À lundi, *chiquita* !

Je raccroche, lance mollement le téléphone sans fil par la porte entrouverte de ma chambre et plonge de nouveau dans un sommeil réparateur.

Le reste de la fin de semaine, je ne quitte mon lit que pour changer le DVD dans le lecteur, poser une boîte de mouchoirs neuve sur ma table de chevet et voler des croustilles et des biscuits Oreo dans le garde-manger. J'entretiens une colère, une frustration dont j'ignore l'origine ou le motif. Suis-je à ce point déçue d'avoir agi de manière conventionnelle ? Le concept des premières fois m'irrite-t-il davantage qu'il ne le devrait, ou suis-je simplement harassée par l'attitude condescendante que mes supposées alliées ont envers moi ? Je choisis de ne pas chercher à comprendre les anormalités de ma singulière personnalité et bois les paroles artificielles d'acteurs surpayés dans des films sans contenu ni substance. Les maladresses artistiques du cinéma américain ou québécois ont aussi leurs bienfaits, je vous l'assure. Le film *À vos marques… party !*, aussi cliché soit-il, a la faculté de nous faire oublier sur-le-champ nos soucis quotidiens. Quand j'entends Gabi Roberge lancer : « *Watch me* » avec une assurance démesurée, je parviens presque à oublier l'âge avancé de son interprète et le jeu pitoyable de son acolyte, Alexandre Despatie. C'est tout dire.

Chapitre 9

Folies utopiques d'une lesbienne engrossée

Un autre lundi matin. Encore une semaine à écouter des adultes surmenés tenter d'enseigner à des adolescents végétatifs d'insignifiantes notions et d'absurdes idéologies depuis longtemps dépassées. *Yeah !*

Je me rends à l'école d'un pas nonchalant, m'efforçant de rassembler l'énergie nécessaire pour affronter l'effervescence juvénile d'Emilia et y survivre. Je n'ai pas à attendre bien longtemps avant d'être assaillie par ses cris. Elle m'attend devant ma case, faisant mine d'être captivée par son cellulaire et donc d'être une fille grandement occupée qui gère ses *meetings* pendant les pauses.

— Belle fin de semaine ?

Je n'ai même pas le temps de répondre qu'elle se lance déjà dans une envolée dramatique qui, j'imagine, concerne son soupirant.

— Je l'ai vu en arrivant ce matin. Il m'a regardée dans les yeux et il m'a souri. Tu crois qu'il me trouve trop jeune pour lui? Peut-être que je ne suis pas son style… Il sentait bon. Je crois que je suis amoureuse de lui, Maude.

Je la regarde d'un air dubitatif et, sans dire un mot, dépose mes livres dans ma case, attrape mon cahier de notes d'histoire et me dirige en bâillant vers mon premier cours du matin.

— Tu pourrais au moins faire semblant d'être contente pour moi…, me dit-elle en marchant à mes côtés.

— Je suis très contente pour toi, Emilia. C'est seulement que je ne sais pas trop quoi répondre. Non, je ne crois pas que tu es trop jeune pour lui — il a à peine un an de plus que toi. S'il t'a embrassée vendredi soir et t'a souri ce matin, je ne crois pas que tu dois avoir peur de ne pas être son genre et je ne trouve pas personnellement qu'il dégage une odeur particulièrement attirante, puisqu'il porte le même parfum que tous les gars de cette école; celui de la puberté. Et pour ce qui est de ce sentiment amoureux, je ne pense pas qu'il soit réel, mais si le croire te rend heureuse, alors je suis bien aise que tu aies trouvé l'amour si tôt dans ta vie.

Ma réponse directe et franche ne semble pas la satisfaire. Emilia pousse un amer soupir et se dirige vers son pupitre sans un mot, l'air abattu.

J'ai une fois de plus échoué dans mon rôle de confidente. C'est ce qu'on devrait nous apprendre à l'école au lieu de nous nourrir de notions sans intérêt, par exemple : La formation de la fédération canadienne (le sujet du cours d'aujourd'hui). Selon Wikipédia (premier répondant à bien des interrogations), la confédération canadienne désigne le processus, culminant le 1er juillet 1867, par lequel une union fut formée entre la province du Canada, le Nouveau-Brunswick et la Nouvelle-Écosse, afin de former un nouvel État : le Dominion du Canada, sous la Couronne de l'Empire britannique. À la suite de cette union, d'autres États ont intégré la Confédération. C'est à la limite de la torture intellectuelle. Note à moi-même : vérifier s'il est possible de traîner le ministère de l'Éducation en cour pour agression psychologique volontaire de l'adolescent.

Jonglant avec remords et problèmes de conscience face à ma réaction expéditive à l'endroit d'Emilia, j'attends que la professeure se soit lancée dans son discours académique pour écrire un texto de réconciliation à ma meilleure amie. Malgré la finesse de mon regard mitoyen entre tableau et téléphone sur mes cuisses, l'enseignante remarque ma distraction, s'empare de mon cellulaire et lit le message à voix haute pour m'humilier et faire ensuite de moi un exemple (je pourrais la poursuivre pour entrave à la vie privée !) : « *Je suis désolée pour tantôt. Tu me connais, je suis souvent maladroite lorsqu'il est question de relations amoureuses. Tu le sais que je t'aime et que je veux ton bien.* » Maintenant que toute la classe est convaincue qu'Emilia est ma conjointe et que nous rencontrons des problèmes conjugaux (les messages de ce genre sont souvent mal interprétés lorsqu'ils sont sortis de leur contexte), la prof, trop naïve, ou simplement trop adulte, pour avoir vu le double sens embarrassant de ces mots, m'humilie encore plus en me demandant si je désire partager publiquement mes regrets ou si elle peut poursuivre son cours. Même si j'ai plusieurs idées de blagues en tête, je décide de hisser le drapeau blanc et de répondre ce qu'elle attend de moi.

— Vous pouvez poursuivre, madame, dis-je donc avec peu de conviction et d'entrain.

— Merci de m'accorder ce privilège, ose ajouter la dame d'un air supérieur.

Je prends quelques bonnes respirations pour ne pas lui sauter à la gorge telle une louve sanguinaire et regarde, navrée, Emilia au fond de la classe qui semble un peu perplexe. Je concentre mon attention sur les paroles assommantes que radote la professeure et espère qu'elle ne se souviendra pas de moi lors de la correction des examens finaux. Tout le monde sait que les profs sont plus généreux envers les étudiants disciplinés qui ne causent pas d'émoi durant les cours.

Parce que l'adolescent est un être civilisé et respectueux, je savais bien évidemment ce qui m'attendait à la sortie du cours. Les plus téméraires viennent me souffler « gouine » et « lesbi » à l'oreille, alors que la plupart, insidieuses et hypocrites (le féminin est ici employé volontairement), se contentent de me montrer du doigt tout en riant d'un air méprisant. Je suis personnellement équipée pour survivre à ce genre d'assaut, mais Emilia, habituellement considérée comme une reine de beauté et une élève populaire, ne possède pas les ressources nécessaires pour gérer les médisances d'autrui. À l'école secondaire comme dans la vie, un détail minuscule, une distraction, un événement *a priori* anodin peut faire passer une personne du statut de vedette internationale à celui de va-nu-pieds — l'inverse de l'*American dream* —, et Emilia le sait tout autant que moi. Cette réputation qu'elle a si durement acquise, elle ne veut pas la perdre, et certainement pas à cause de mon insensibilité. Emilia s'est tout de même efforcée de conserver un accent qu'elle aurait dû perdre depuis longtemps, et ce, jour après jour pendant des années, pour mousser sa popularité et son côté exotique : une chose insensée, certes, mais tout de même franchement impressionnante.

Elle n'a pas besoin de mots pour que je comprenne son escampette furtive du premier cours du matin et les nombreux détours qu'elle accomplit tout le reste de l'avant-midi pour éviter de me croiser ou de me parler et ainsi d'alimenter la rumeur. J'attends donc le dîner pour l'affronter. Comme à son habitude lorsqu'elle est tourmentée ou maussade, mon amie mange dans son escalier préféré, loin des regards de ses semblables. En poussant la porte, j'entrevois les larmes qui perlent sur son visage blanchâtre.

— Je fais toujours tout de travers. Je m'excuse, Emilia. Je vais essayer d'être une meilleure meilleure amie, déclaré-je en me jetant dans ses bras.

Emilia accepte mon accolade en me soufflant:

— Ce n'est pas ta faute, Maude. Je réagis toujours comme une écervelée. Je vais tenter d'être davantage comme toi.

— Surtout pas! répliqué-je en desserrant mon étreinte. Je suis loin d'être mieux que toi. Je suis froide, défaitiste, alarmiste. Je crois que l'idéal serait que tu m'apprennes à être plus détendue, plus normale si on peut dire, et, moi, je tenterai d'amener un peu de réalisme à tes folies utopiques.

— Mes folies utopiques, hein? Il n'y a que toi pour t'exprimer comme un dictionnaire des synonymes tout en restant crédible.

— Tes niaiseries irréalisables, c'est mieux?

— En tout cas, c'est plus normal.

— J'ai donc passé la leçon numéro un?

— Du calme, la première leçon est beaucoup plus compliquée que ça. N'est pas normal qui veut.

Emilia m'adresse un clin d'œil complice, essuie les larmes sur sa joue et me serre de nouveau dans ses bras.

Je m'assois ensuite près d'elle, déballe mon sandwich au jambon, soigneusement enveloppé dans du papier cellophane par Jasmine la veille, et demande à ma meilleure amie ce qu'elle a l'intention de faire pour améliorer mon degré de normalité.

— Ta présence au party de vendredi était évidemment un pas de géant dans le grand monde des adolescents normaux, mais il te faudra assister à davantage de rencontres du genre.

— C'est vraiment obligatoire?

— Essentiel. Si tu ne veux pas qu'on remarque que tu es une extraterrestre névrotique venue d'une planète éloignée, pour asservir les adolescents, tu dois tenter de t'intégrer à la vie des humains.

— Ha ha ha, tu n'es même pas drôle, Emilia Ortega.

— Pourtant, moi, je me trouve très amusante, rétorque-t-elle en croquant dans une carotte naine transgénique. Non, mais sérieusement, j'aimerais vraiment être davantage à ton image. Tu sembles n'avoir peur de rien, tu affrontes tout ce qui t'empêche d'avancer, peut-être avec cynisme, mais aussi avec une confiance désarmante.

Je souris, flattée par les compliments, mais aussi un peu perplexe.

— Tu ne dirais pas ça si tu m'avais vue déprimer tout le week-end en écoutant des comédies romantiques nuisibles pour le cerveau et en consommant une quantité malsaine de chocolat noir et de croustilles au ketchup.

— ¡ *Qué asco!*

— Je sais, quand je suis morose, et grippée en plus, mes facultés gustatives sont perturbées et j'ai envie de choses incompatibles.

— Je ne veux pas imaginer ce que tu vas manger quand tu vas déprimer enceinte.

— Veux-tu, s'il te plaît, on va commencer par finir le secondaire avant de s'imaginer engrossées.

— Engrossées? On n'est pas des vaches!

— Ok, « enceintes » d'abord, tu préfères?

— Oui, merci.

Emilia ouvre son pot de yogourt et rêvasse à haute voix:

— Je me vois bien avec Matt en train d'élever nos enfants à la campagne dans une fermette près des montagnes.

Je lui donne un coup sur l'épaule avec plus de force que je ne le souhaitais.

— Emilia ! lui lancé-je agressivement. Premier manquement à tes bonnes résolutions de fille raisonnable.

— C'est défendu de rêver ? me demande-t-elle, presque offusquée par mon attitude sévère.

— Disons qu'en tant que ton guide spirituel…

Je lève le menton et passe une main dans mes cheveux de façon théâtrale.

— Je te permets d'imaginer de telles choses après un mois de fréquentations officielles. Compte sur moi, j'ai fait l'erreur de me projeter dans l'avenir avec un gars une fois, moi aussi, et tu ne veux pas vivre l'humiliation qui accompagne la désagrégation de tes espoirs.

Emilia sait bien que je parle de Simon ; elle, mieux que quiconque, connaît la blessure que je porte depuis ce fameux *Black Monday*. Elle ose alors me demander :

— Tu parlais avec Simon vendredi quand je suis sortie des toilettes, non ?

— Effectivement, mais je ne peux pas te dire exactement ce que je lui racontais, la panique a complètement effacé l'information.

— Mais est-ce que tu lui as pardonné ?

Soudain, cette rancune que j'ai un jour ressentie à l'égard de Simon me semble si lointaine et insignifiante que je réponds à ma meilleure amie que ces bêtises sont terminées et que je n'ai plus peur ni honte de l'affronter. Emilia se dit rassurée, puisque Simon est tout de même le *best* de son Matt. (J'utilise le mot « *best* » uniquement parce que je rapporte ses paroles. Un *best*, c'est drôle quand tu as dix ans, mais, cinq ans plus tard, ça sonne juste retardé mental.) Parce que je n'en peux plus de l'entendre rabâcher continuellement la même rengaine, je lui suggère de tenter d'aller lui parler plutôt que de divaguer à son sujet dans son dos. Elle me répond qu'elle tentera de le joindre ce soir sur Facebook, ce site de réseautage qui a révolutionné le monde des relations humaines en s'assurant qu'il y en ait de moins en moins.

Chapitre 10

Matriarcale et nomade

En fin d'après-midi, mes sœurs m'attendent devant la porte de l'école, empilées les unes sur les autres dans la minuscule voiture d'Ariel, qui s'efforce toujours de nous convaincre que sa Toyota peut contenir beaucoup plus qu'elle ne le laisse paraître. Leur présence ne résulte pas d'un élan de bonne volonté envers leur petite sœur qui se tape un kilomètre à pied tous les jours pour aller s'instruire et construire par son savoir la société de demain, mais bien du retour de ma mère, qui regagne enfin la maison après une escapade de trois semaines au fin fond de l'Orient. Pour parcourir en voiture la distance entre l'école et l'aéroport, il faut environ trente minutes, mais avec trois jeunes adultes aliénées et névrosées, le chemin me paraît interminable. Après avoir changé de chaîne sur la radio à plus de dix reprises, nous être chamaillées à propos de la route la plus rapide (aucune, si vous voulez mon avis) et nous être plaintes de nombreuses fois de l'intensité du chauffage et de la malpropreté de l'habitacle, nous arrivons dans les limbes où Satan nous attendait avec appétit… Non, je blague, la descente aux enfers est probablement plus douce que cet épouvantable voyage en voiture avec mes pestes de sœurs.

Malgré le froid intense qu'il fait à l'extérieur, je suis heureuse de pouvoir enfin ouvrir la portière et fuir le désordre auditif qui pollue l'intérieur. Leurs querelles se poursuivent jusque dans ce bâtiment vitré, plein de promesses, qui reçoit les voyageurs. Nous prenons un chariot et nous nous installons parmi les gens qui attendent l'arrivée de leurs proches avec une impatience non camouflée. Belle s'assoit sur le plateau du chariot, Ariel s'appuie à la poignée et Jasmine tente de se frayer un chemin au cœur du troupeau, pendant que moi, j'observe, comme à mon habitude, le rituel du retour. Il est facile, dans notre société occidentale, de distinguer les casaniers des nomades, et ce n'est pas qu'une question de bagages ou de teinte de peau. Ceux qui ont l'habitude de parcourir le monde reviennent dans leur pays d'origine avec un regret au fond des yeux qui ne ment pas, un malaise indescriptible et pourtant indélébile. Ce qui m'attriste le plus, c'est que ma mère possède ce gène de bohémien et, malgré tout l'amour qu'elle nous porte, elle ne sera jamais vraiment heureuse que face à l'inconnu.

Une femme coiffée d'un horrible chapeau de paille traverse les portes automatiques, suivie de son — petit — mari qui porte péniblement les valises de sa douce. Leur coup de soleil colossal, leur imposant chargement, leur tenue soignée et leur euphorie manifeste de retrouver le réconfort de leur pays sont des signes indéniables de leur mode de vie sédentaire. Je m'amuse parfois à construire des histoires autour d'étrangers particulièrement inspirants. J'imagine, par exemple, que dans ce couple dissonant, l'homme souhaitait voir une autre facette du monde et que, naïvement, il a demandé des renseignements sur l'Inde à son agent de voyages, lequel lui a vanté les mérites de ce pays. Le pauvre, prestigieux avocat à la retraite, n'en pouvait plus des « tout-inclus » cinq étoiles et des longs après-midi sur la plage à laisser s'écouler passivement le temps. Mais, crédule, il n'avait pas pensé que son épouse pouvait être aussi geignarde, désagréable et égocentrique. Les odeurs la rebutaient, les temples bouddhistes la déconcertaient — sans raison valable — et elle s'entêtait à rester dans leur chambre d'hôtel luxueuse plutôt que de s'imprégner de la culture indienne. La prochaine fois, ils iront à Cuba.

Un jeune couple, qu'il est difficile d'étiqueter — peut-être encore trop jeune pour avoir décidé de son mode de vie —, les suit. J'ai à peine le temps d'inventer une préface à leur histoire que déjà ma mère, souriante, s'élance vers ma sœur Jasmine, au premier rang. Elle se dirige ensuite vers Ariel, Belle et moi avec un enthousiasme contagieux. Lorsqu'elle me serre dans ses bras, l'énorme charge qui pesait sur mes épaules semble s'évaporer momentanément. Il n'y a rien comme l'amour d'une mère ; un cliché, mais si vrai. Après nous avoir toutes embrassées, elle nous lance :

— Je suis affamée. Je vous paye le St-Hub.

Les soupers à la rôtisserie St-Hubert sont une tradition dans notre famille depuis toujours, même avant ma venue sur cette terre et le départ précipité de cet homme que je me dois d'appeler mon père. Il y a quelque chose de réconfortant dans cette nourriture : probablement une émotion très personnelle, puisque, dans les faits, il n'y a rien de très réconfortant dans du poulet pané et des frites accompagnées d'une sauce brune et d'une tranche de pain douteuse.

Je suis coincée entre ma mère, son sac à dos, son bagage à main, aussi imposants l'un que l'autre, et l'air frustré de ma sœur Belle, et nous nous dirigeons vers le restaurant dans la voiture d'Ariel. Malgré les efforts titanesques que nous avons déployés pour faire entrer dans la voiture l'attirail de ma mère et tous les membres de la famille, ma sœur essaie toujours de nous convaincre des capacités de rangement infinies de son véhicule. Même s'il nous faut une bonne stratégie pour nous extraire de l'automobile sans qu'aucune de nous soit blessée (jamais je n'aurais pu croire que nos années passées à jouer à Tetris seraient un jour récompensées), nous atteignons enfin notre destination.

Nous nous assoyons sur une banquette en demi-cercle et avant même que la serveuse ait rempli nos verres d'eau, Ariel s'écrie à l'intention de ma mère, débarquée de l'avion il y a à peine une heure :

— Maude est allée à son premier party de sous-sol.

Malgré ses vingt-six ans et sa prétendue maturité, ma sœur prend encore un malin plaisir à *stooler* mes mauvais coups à ma mère. Enfant, j'aurais certainement répliqué quelque chose comme : « Hein ! Même pas vrai ! », mais aujourd'hui je me contente de rester de marbre, malgré la frustration et la colère qui bouillent en moi, et je riposte :

— Peux-tu en revenir ? J'ai pas agressé un cheval !

Mon sens de la répartie est plus ou moins au point. J'ai toujours quelque chose à répliquer à l'ennemi, mais ce n'est pas toujours cohérent ni même offensant.

— Agressé un cheval, hein ? répète Jasmine, un peu étonnée.

Ma sélection terminologique a tout de même l'effet escompté, puisque toutes éclatent de rire et oublient les raisons qui m'ont poussée à affronter Ariel. Ma mère, un peu pour me protéger et faire oublier mes aventures d'adolescente, mais surtout mue par l'excitation de sa plus récente escapade, commence à nous décrire les beautés de l'Inde et la richesse de sa culture. Son exposé se poursuit jusqu'à ce que nous recevions nos plats. L'odeur réconfortante de la friture ramène promptement ma mère à la réalité. Elle nous demande finalement :

— Et vous, du nouveau ?

Et elle ajoute :

— Des choses qui vous concernent vous personnellement et non pas d'ignobles médisances sur vos sœurs.

Ariel ouvre de nouveau la bouche. J'ai cru, l'espace d'un instant, qu'elle voulait mesquinement me régler mon compte, mais non : elle nous annonce qu'elle fréquente un garçon depuis maintenant quelques semaines et que leur relation pourrait devenir sérieuse. Ma mère ne cache pas sa joie de voir enfin son aînée faire des projets d'avenir et commencer à considérer le choix d'un partenaire stable.

— Les fréquentations sans lendemain, c'est amusant un temps, mais un jour on ressent le besoin de s'établir, n'est-ce pas ? ajoute-t-elle d'un air espiègle et taquin.

— Oui, maman, c'est beau, tu avais raison, répond Ariel, manifestement redevable à notre génitrice pour ses bons conseils.

— Et toi, Jasmine? poursuit la globe-trotter.

— Je suis toujours cette pauvre frustrée qui finira vieille fille avec des millions de chats et une recette secrète de sucre à la crème, réplique Jasmine avec aigreur.

— Tu pourrais essayer Réseau Contact, ou un autre site de rencontres sur Internet. J'ai deux amis qui ont connu l'amour grâce à ça, suggère Ariel.

— J'ai pas envie de me trouver un chum comme je magasine mes souliers, tranche Jasmine avec une agressivité non contrôlée.

— Je voulais juste aider, moi, souffle timidement Ariel.

Un lourd silence s'installe alors autour de la table et personne n'ose ajouter quoi que ce soit qui pourrait aggraver le mal de Jasmine, habituellement forte et rationnelle.

— Belle? Ton émission va toujours bien? se risque ma mère.

Belle anime une émission de télévision hebdomadaire sur une chaîne communautaire. Elle interviewe chaque semaine une personne qui a changé le monde à sa façon. Ça peut être notre petite cousine Katie qui a décidé d'installer un bac de compostage à son école, ou encore le porte-parole de la Fondation Rêves d'Enfants. C'est un projet qu'elle mène depuis plus de deux ans et qui l'a considérablement éloignée des gens peu fréquentables avec lesquels elle flirtait de plus en plus régulièrement.

— Oui, j'ai eu la chance de rencontrer le réalisateur d'un documentaire indépendant sur la famine en Afrique, et aussi un environnementaliste qui est venu nous parler du réchauffement climatique.

Personne ne semble vraiment intéressé par les entrevues de Belle, malgré la passion qui l'anime lorsqu'elle en parle. Ses cotes d'écoute sont désastreuses, pas nécessairement parce qu'elle est mauvaise, mais plutôt parce que son émission est diffusée sur une chaîne qui ne compte qu'une centaine de téléspectateurs. En plus, elle doit toujours lutter pour se faire respecter par son patron qui, bien qu'il n'ait comme bagage scolaire qu'une cinquième secondaire, qu'il fasse de l'embonpoint et qu'il soit président-propriétaire d'une chaîne endettée et impopulaire, s'entête à agir envers les employés de manière, brusque, conservatrice et impersonnelle, comme s'il dirigeait NBC.

Après nous être rassasiées (je crois que je pourrais survivre une semaine sans nourriture ni eau, avec autant de gras et de sucre dans le sang), mes sœurs et moi, avec à nos côtés notre adorable et fougueuse maman, regagnons la chaumière. Comme lorsque nous n'étions que des gamines, notre mère passe de chambre en chambre pour nous border et s'assurer qu'aucun monstre ou démon ne s'est établi dans notre penderie ou sous notre lit. Quand j'étais petite, contrairement à tous les enfants qui craignent le croque-mitaine, j'avais une peur bleue du lapin de Pâques. Oui, oui, cette mascotte inoffensive qui apporte des chocolats aux bambins. Pour moi, cet animal n'était pas net. Pourquoi était-ce lui qui distribuait les œufs ? La poule était-elle un oiseau si lâche qu'elle ne pouvait se déplacer pour offrir elle-même ses présents ? Une situation suspecte qui me dérangeait… visiblement. C'était le genre de réflexion qui traversait mon esprit à l'âge de six ans, alors peut-être comprenez-vous mieux mes exaspérations présentes ou, du moins, sans les comprendre, les mettez-vous mieux en contexte.

Après avoir discuté avec Jasmine pendant presque une demi-heure — la vieille fille avait besoin d'encouragements et d'appui —, ma mère vient s'asseoir au bord de mon lit et me regarde pendant près d'une minute avant de me lancer :

— Tu vieillis si vite, ma Maude.

— Pas assez à mon goût, réponds-je du tac au tac.

Et j'ajoute avant même qu'elle ait la chance de le dire :

— Et ne me dis pas qu'à ton âge, je vais trouver que la vie passe trop vite, parce que sinon je te ramène à l'aéroport.

— Tu n'as même pas encore l'âge de conduire, réplique ma mère d'un air narquois.

Je la regarde avec des yeux mauvais et enfonce ma tête dans mon oreiller.

— C'est quoi, cette histoire de party ? Tu n'avais pas décidé de ne pas participer à ces événements mondains qui, je te cite, ne sont que poudre aux yeux pour les instables et les inadaptés ?

Je me mets soudain à rire de mes naïves convictions.

— J'avoue que je porte parfois des jugements sur des choses que je ne connais pas.

— Remarque, c'est en se questionnant qu'on finit par trouver des réponses, qu'on finit par comprendre des choses, me répond ma mère, philosophe.

— Emilia a promis de m'aider à améliorer mon niveau de normalité, de sociabilité.

— Tu es certaine qu'Emilia est la personne la mieux désignée pour accomplir cette tâche périlleuse ?

— Je lui fais confiance pour ce qui est de s'intégrer à l'espèce adolescente et de l'apprivoiser.

Une mère traditionnelle insisterait probablement sur le fait que la différence n'est pas un obstacle ni un problème, mais bien un atout. La mienne, profondément convaincue que c'est en commettant ses propres erreurs que l'on évolue et en faisant ses propres choix que l'on finit par se développer en tant qu'être humain, encourage plutôt mon désir de changement.

— Comme me l'ont enseigné les bouddhistes, peut-être as-tu quelque chose à apprendre de tout ça, précise-t-elle.

— Avant que tu te mettes à m'expliquer pourquoi vouer un culte à un petit homme chauve, bedonnant et faussement rieur est une libération pour l'âme, je te demanderais de quitter la pièce et d'emporter avec toi tes doctrines qui pourraient infecter mon esprit athée, lui lancé-je avec beaucoup d'ironie.

Ma mère m'embrasse donc sur le front, ferme les lumières et laisse les astres phosphorescents qui couvrent mon plafond m'entraîner dans le sommeil.

Chapitre 11

Le toupet de la victoire

Pour la première fois depuis des mois, j'irai même jusqu'à dire des années, la salle de bain est libre lorsque vient le temps de me préparer. Je vérifie de nouveau si nous sommes bien un jour de semaine, si mon cadran indique l'heure juste et s'il n'y a pas un jour férié sur le calendrier dont j'aurais oublié l'existence. Je vais même jusqu'à regarder par la fenêtre pour m'assurer qu'un météorite géant ou un immense cyclone n'a pas détruit toute trace de vie humaine, mais non, tout semble normal. J'entre donc en ce lieu prestigieux que j'ai rarement la chance de visiter aux premières lueurs du jour. Je barre la porte derrière moi, craignant que ce moment privilégié ne soit qu'une brève illusion. Notre salle de bain est immense; elle contient un bain tourbillon, une douche vitrée, deux lavabos, un imposant comptoir en marbre et même une lampe thermique, mais tous ces accessoires, aussi utiles et magnifiques soient-ils, ne peuvent compenser l'absence d'une deuxième salle de bain. Je me regarde dans le miroir, un peu outrée que l'on me laisse d'ordinaire quitter la maison arrangée de cette façon. J'observe la lividité de ma peau, la grisaille de mes yeux et la fadeur de mes cheveux. Sans trop réfléchir (pour être plus juste : complètement innocemment), je prends les ciseaux de coiffeuse d'Ariel, qui traînent sur le comptoir, et taille — plus ou moins — consciencieusement mes cheveux de devant pour me faire un toupet.

Si vous voulez un jour faire un film sur ma vie, je vous conseille d'ajouter à ce moment un hymne victorieux qui montre mon courage et mon désir d'évolution... parce que tout le monde sait que toute adolescente n'est qu'à une coupe de cheveux de devenir la reine du bal.

Toutefois, même si j'entends dans ma tête les cors et les trombones célébrer mon nouveau look, le résultat n'en est pas moins affreux. On comprend l'intention, on applaudit l'effort, mais on ne peut saluer la performance. Un enfant de quatre ans aurait difficilement pu faire pire. Je remercie donc mentalement ma sœur Ariel d'occuper si égoïstement la salle de bain tous les matins et de m'éviter ainsi de commettre des bêtises comme celle-là. En sortant de la pièce pour retrouver le désordre réconfortant de ma chambre, je tombe face à face avec la Bête qui porte fièrement son air de bœuf matinal. Elle m'observe un instant, perplexe face à mon erreur esthétique ainsi qu'à ma présence inexplicable dans la salle de bain de si bonne heure.

— C'est presque plate de ne pas avoir à vous crier de vous taire. Ma journée commence dans la sérénité et on dirait que je ne suis pas sûre d'aimer ça, me dit-elle de sa voix enrouée du matin.

— Elle est où d'ailleurs, notre sœur aînée? Si elle avait été là, elle aurait pu m'empêcher d'agir avec spontanéité, lui réponds-je.

— Elle dormait chez son nouveau chum, je crois.

— Et elle ne s'est pas enfuie au beau milieu de la nuit pour éviter qu'il se fasse des idées sur ses intentions? continué-je, abasourdie.

— Ariel a fini de ramasser les trophées venant de la terre ferme, elle a reçu ses jambes qu'elle désirait tant et tente maintenant de faire partie du monde aux côtés de son prince charmant.

Nos références au monde de Disney sont si fréquentes qu'elles font maintenant partie de notre langage courant. (Les raisons sont évidentes, inutile de vous les expliquer... Si vous ne comprenez pas, je vous conseille de recommencer la lecture... et peut-être consulter un spécialiste.) Nous ne nous amusons plus des blagues sur l'attirance que Belle pourrait éprouver pour les hommes hideux ou sur ses éventuels comportements schizophrènes, par exemple en entretenant des discussions nocturnes avec des ustensiles de cuisine; tout comme les plaisanteries associant Jasmine à des tapis ou à des tigres nous hérissent, tant elles nous paraissent futiles. Nous les avons toutes entendues, inutile de perdre votre précieux temps et le nôtre. Il n'y a que nous qui avons la permission de nous moquer de nos noms et de leurs origines.

— Et Jasmine? Elle n'est pas encore couchée? demandé-je à Belle, encore stupéfaite de la quiétude qui règne dans la maisonnée.

— Non, elle est allée déjeuner en ville avec maman.

Je retourne à ma chambre, enfile un pantalon et un t-shirt, puis pose une casquette sur ma tête pour camoufler mes bourdes capillaires. Ensuite, je pars pour l'école en croisant les doigts pour qu'on ne remarque pas mes étrangetés vestimentaires.

Évidemment, passer inaperçue aux yeux du reste du monde est une mission réalisable, mais espérer que ma meilleure amie ne m'interroge pas sur la raison pour laquelle je suis coiffée d'une casquette noire Volcom d'un esthétisme douteux — moitié filet, moitié doublure : un choix réfléchi du concepteur — relevait de la pure chimère.

— C'est quoi, ce nouveau look «hideux»?

Le «hideux» n'est pas sonore, mais plutôt gestuel; ce sont son visage crispé et son regard réprobateur qui suggèrent ce qualificatif.

— J'ai peut-être été un peu trop impulsive ce matin, lui dis-je en soulevant légèrement mon couvre-chef pour qu'elle puisse contempler l'ampleur du désastre sans alerter tous les élèves en manque de sensationnalisme.

Le plus beau petit chaton du monde aurait pu être frappé sous ses yeux par un chauffard ivre et se relever, ensanglanté, étourdi et démuni, qu'elle n'aurait pas été plus dégoûtée qu'en ce moment.

— Je vais t'amener chez ma *peluquera* après les cours, on va régler ça, ne t'en fais pas, déclare-t-elle sur un ton aussi solennel que celui qu'elle avait emprunté pour me prodiguer des mots d'encouragement à la mort de mon grand-père maternel.

Je précise de nouveau qu'il ne s'agit que de quelques mèches de cheveux... À chacun ses priorités.

Emilia marche un moment à mes côtés dans le corridor et poursuit sa réflexion, qui semble évoluer au rythme de ses paroles.

— C'est bien, en fait, que tu aies agi de manière aussi spontanée. Ça prouve que tu es capable de mettre de côté ton esprit rationnel et d'agir stupidement. Tu as passé la première leçon.

— Yé, dis-je avec peu d'enthousiasme.

— J'aimerais que mon élève montre un peu plus de reconnaissance et d'admiration envers sa professeure.

Je lui saute alors dans les bras et l'embrasse sur la joue avec frénésie. Elle me repousse violemment en me disant :

— Tu es folle ! Il y a des gens qui pensent qu'on est un couple.

Je la regarde d'un air affligé.

— Si tu veux toi aussi passer à la prochaine étape de mon cours d'acceptation et d'auto-dérision, tu dois me prendre par la main jusqu'à notre salle de classe.

— Oh que non ! réplique Emilia.

— Tu as quelque chose contre les lesbiennes ? Es-tu homophobe ?

— Non, mais je ne suis pas une gouine.

— Puis après ? Qu'est-ce que ça change si les gens pensent que tu l'es ? Si, toi, tu es convaincue de ton orientation, tu ne devrais pas te soucier des jugements des autres.

— *Te detesto*, marmonne-t-elle en agrippant ma main.

Nous avons à peine franchi la porte du local qu'Emilia relâche ma main avec agressivité, presque dégoûtée.

— Tout le monde nous regardait, se plaint-elle en me reprochant, du regard, mon exercice de confiance, peu orthodoxe, je dois l'avouer.

— Tu dois arriver à ignorer ces jugements d'autrui si tu veux être plus comme moi, comme tu le dis si bien.

Elle me fait quelques grimaces et s'assoit à sa place en silence.

À la fin des cours, Emilia, comme promis, m'amène chez sa coiffeuse dans l'est de la ville. Après trois correspondances d'autobus et une marche d'au moins dix minutes, nous arrivons devant une maison traditionnelle de banlieue. Un écriteau, sur lequel est inscrit « Salon Bonair », est accroché à la porte. Emilia entre sans sonner ni frapper. Elle enlève ses souliers et me demande d'en faire autant. Une voix relativement jeune s'écrie :

— *Hola*, Em.

— Salut, Amé. Ça va ? répond ma meilleure amie, enthousiaste.

— Oui, super comme toujours.

Nous grimpons quelques marches pour rejoindre le salon de coiffure à l'étage. Deux chaises pivotantes sont installées devant un immense miroir. Deux jeunes femmes, l'une ayant des cheveux courts d'un mauve électrique et l'autre une longue chevelure blonde lustrée, nous accueillent avec le sourire. La première se présente :

— Salut ! Moi, c'est Amélie Purple, mais tu peux m'appeler Amé.

Bien que le lien soit d'une évidence limpide, je ne peux me retenir de lancer :

— Purple ?

— Mon vrai nom, c'est Légaré, mais depuis que je fais des concours de coiffure, je me suis inventé un pseudonyme d'artiste.

Le monde est moins sombre depuis que je sais qu'il existe de réelles compétitions de crêpage de chignons.

— Alors, que peut-on faire pour vous aujourd'hui, mesdames ? nous demande poliment madame Violet.

— J'ai été un peu stupide ce matin.

J'enlève ma casquette de nouveau, m'attendant au pire. Mais, étonnamment, Mauve n'a pas la même réaction hystérique que ma meilleure amie ; elle est même plutôt positive.

— J'ai déjà vu bien pire que ça. Une fois, une dame est arrivée au salon en pleurant. Son mari, à qui elle venait tout juste d'annoncer qu'elle voulait divorcer, avait décidé de lui couper tous ses cheveux pendant qu'elle dormait.

— J'espère qu'elle a crevé les pneus de sa voiture, enduit de gouache tous ses vêtements ou vendu tous ses outils sur eBay.

— Non, fait Pourpre, mais elle l'a complètement lavé en cour: elle a obtenu la moitié de sa considérable fortune.

— Au moins, réponds-je, je suis rassurée que ce soit uniquement mon toupet qui soit touché par mes égarements momentanés.

— Je vais arranger ton toupet sans problème, mais que dirais-tu si on éclaircissait un peu tes cheveux avec quelques mèches blondes?

Je me tourne en direction d'Emilia pour avoir son opinion.

— C'est vraiment une artiste géniale, je lui fais toujours entièrement confiance, affirme-t-elle, me laissant maître de cette décision lourde de conséquences.

Peu importe la force avec laquelle je tenterai de vous convaincre que l'apparence n'a pas d'importance, sachez que je mens; un physique appréciable n'est pas la seule condition d'une bonne confiance en soi, mais il en est une considérable.

— Vas-y.

La joie qui pétille dans les yeux de Lilas (je trouve peut-être ça un peu trop drôle, qu'elle se surnomme elle-même du nom d'une couleur, excusez ces enfantillages) lorsqu'elle obtient mon autorisation est probablement similaire à ce que l'on peut voir dans le regard d'un artiste peintre face à une toile blanche: l'appel de la création.

J'avoue que jusqu'à aujourd'hui, je jugeais négativement ce métier : les études sont brèves, les salaires, habituellement minimes et c'est toujours une coiffeuse de Laval qui se ridiculise le plus à *Occupation double*. Mais Amé semble si passionnée par son travail que je ne peux que l'admirer. Des photographies de défilés internationaux sont collées à son miroir. Elle me raconte qu'elle a coiffé plusieurs mannequins pour ces événements. Alors que j'observe les vêtements colorés de différents couturiers dont je ne connais pas le nom et encore moins le style, Amé place minutieusement des mèches de mes cheveux dans un papier d'aluminium après les avoir enduites de décolorant. Lorsqu'elle a terminé et que ma tête est couverte de carrés argentés, je ressemble dangereusement à un personnage de *Mars attaque*. Emilia tente de prendre des photos avec son cellulaire, mais je réussis à la convaincre que mon attitude réceptive au changement et ma nouvelle socialisation s'arrêteraient immédiatement le jour où je verrais sur Internet des images de moi ainsi affublée. Je crains alors qu'elle me reproche mon exercice de confiance de ce matin, mais elle n'en fait rien.

— On va au cinéma ce soir ? me propose-t-elle.

— Oui, bonne idée. Plusieurs bons films ont pris l'affiche vendredi dernier, lui réponds-je, enthousiaste.

Elle se connecte à Internet — grâce à son appareil téléphonique qui lui sert à tout faire sauf des appels téléphoniques —, et alors que je croyais qu'elle vérifiait les horaires de cinéma, elle déclare dix minutes plus tard :

— Matt et Simon viennent avec nous.

— Wouh, ça ne faisait pas partie du *deal* initial, répliqué-je.

— Il n'y a juste pas eu de *deal* initial, précise-t-elle sur un ton victorieux. Tu viens, tu n'as pas le choix, ça fait partie de ton apprentissage.

Rapidement, je réalise qu'avec mes sornettes de pédagogie bilatérale, je donne à ma meilleure amie l'excuse parfaite pour me traîner dans des endroits que je fréquente rarement avec des gens que je m'efforce d'éviter. Dans les faits, je peux refuser son invitation et abandonner mes ambitions de conformité et mon avide curiosité envers la masse, mais j'abandonne rarement un combat au premier — ou même au second — obstacle.

— Tu es magnifique ! s'écrie ma copine en reculant de deux pas pour contempler le résultat final de ma métamorphose.

Pourtant, lorsque je m'observe attentivement dans le miroir, je ne vois guère ce qui cause tant d'émoi chez mon amie. Certes, j'ai maintenant une frange — qui finira invariablement par m'agacer à force de cacher ainsi mes yeux — et des mèches blondes décorent désormais la platitude de ma couleur naturelle, mais tout ce qui me vient à l'esprit est le temps supplémentaire qu'il me faudra à présent pour me préparer le matin…

Je suis définitivement cynique.

Chapitre 12

13 ans et plus

Ma sœur Ariel a accepté de venir me reconduire au cinéma, principalement parce que ma mère a su jouer la carte de la subordination : « Tu habites sous mon toit, tu obéis à mes règles », a-t-elle déclaré. Cette phrase a toujours un effet relativement efficace sur Ariel qui, malgré son égocentrisme parfois déroutant et ses aspirations professionnelles et personnelles limitées, respecte l'autorité de notre mère et lui est redevable pour son hospitalité.

Depuis que ma sœur aînée a rencontré cet inconnu dont j'entends régulièrement parler ces derniers temps, mais dont j'ignore l'identité, elle est différente. Elle est toujours aussi détestable et arrogante, mais, étrangement, elle me paraît plus sereine, plus heureuse. Après plusieurs minutes durant lesquelles on n'entend que la voix trop dynamique d'un animateur radio à deux doigts de la crise d'hystérie, ma sœur m'annonce que demain son nouveau copain viendra souper à la maison. Je sens une pointe de nervosité dans sa voix, quelque chose que je n'ai pas l'habitude de percevoir chez Ariel. Jamais elle ne nous a présenté de manière aussi solennelle l'un de ses prétendants ; on a plutôt l'habitude de les rencontrer lorsque, au matin, ils escaladent pitoyablement les escaliers pour fuir une autre nuit de débauche. Amener des amants dans la résidence familiale n'a jamais constitué un problème pour Ariel. Peut-être se disait-elle qu'une mère sexologue était bien placée pour comprendre ses besoins primaires… Belle s'est, elle aussi, rarement gênée pour ramener des hommes à la maison, mais puisque ses relations durent généralement plus longtemps — plus d'une nuit, du moins —, on a le temps d'apprendre leur nom avant qu'ils prennent la poudre d'escampette.

— Tu l'aimes ? osé-je demander à Ariel alors que nous sommes arrêtées à un feu rouge.

— Beaucoup, me répond-elle timidement.

Je n'insiste pas davantage, sachant que je vais rencontrer le spécimen demain et connaissant l'imprévisibilité parfois déroutante d'Ariel. Je n'ai pas envie que l'on m'accuse d'être celle qui a compromis l'avenir amoureux de ma sœur.

— Je dois t'avouer quelque chose, reprend-elle soudain.

— Qu'est-ce que tu as encore fait ? poursuis-je prestement.

— Le gars que je fréquente…

Ariel prend le temps de peser ses mots comme si sa confidence pouvait me contrarier si elle n'était pas faite avec tact.

— Eh bien, c'est l'Italien, le même que Maggie m'a volé il y a deux ans, avoue-t-elle enfin.

Je suis un peu étonnée par la nouvelle, mais je comprends maintenant mieux pourquoi elle semblait le défendre lorsqu'elle m'en a parlé quelques jours plus tôt.

— Wow, pour une vengeance, c'est une vengeance, répliqué-je.

Elle me regarde en affichant un air triomphant, visiblement satisfaite de sa riposte.

— Mais ce n'est pas qu'une revanche, malgré ce que tout le monde va penser. Plus je le côtoie, plus il me plaît, plus j'ai envie de passer tous les jours de mon existence à ses côtés.

Les joues d'Ariel s'empourprent et sur son visage apparaît un sourire niais, celui qu'arborent les adolescentes lorsqu'elles parlent de leur *kick*. Non, vraiment, jamais je n'aurais cru voir un jour ma sœur dans cette situation, celle de l'amoureuse éblouie par l'élu de son cœur. Heureusement qu'elle tourne dans le stationnement du cinéma parce que je ne sais plus quoi répondre à cette Ariel follement éprise d'un beau, charismatique et riche Italien. Ce sont presque des préalables pour conquérir le cœur d'une sirène.

— Merci pour le *lift*, et j'ai bien hâte de le rencontrer, ton prince charmant, précisé-je en sortant de la voiture.

Emilia, Simon et Matt m'attendent déjà entre les deux rangées de portes vitrées. Tous semblent nerveux, mal à l'aise, surtout ma meilleure amie qui se jette dans mes bras comme si elle ne m'avait pas vue depuis des semaines.

— J'avais peur que tu ne viennes pas, me dit-elle à l'oreille d'un ton désespéré, comme si ma présence lui évitait d'affronter deux cannibales affamés.

L'image me fait sourire, puisque je ne crois pas qu'il y ait sur cette planète deux adolescents à l'air plus inoffensif que Simon Bazin et Matt Létourneau en ce moment précis. Ils sont certes séduisants, fiers et athlétiques, mais ils sont bien loin de refléter le danger ou même la plus minime des délinquances. Simon, toujours élégant, porte une chemise Ralph Lauren, des jeans Levi's ainsi qu'une ceinture ornée de brillants (être effrayé par un homme qui arbore fièrement le faux diamant est comme craindre un chaton dégriffé et édenté). Matt, de son côté, a davantage le look « rappeur-*yo-chill*-décontract-fond-de-culottes-aux-genoux-et-cheveux-trop-longs », mais, somme toute, cela lui va plutôt bien. Il porte une casquette Nike habilement inclinée sur sa tête pour parfaire son style, des bas blancs et des espadrilles en apparence trop grands pour lui et dont les lacets ne sont pas attachés. Secrètement, j'ai toujours rêvé de voir l'un de ces *yo* s'effondrer sur le sol; noue tes lacets, *man*!

Nous nous dirigeons vers la billetterie dans l'embarras le plus total. Je lance un regard de «qu'est-ce que je fais ici?» ponctué d'un «je te hais» à ma meilleure amie qui me répond silencieusement par un «s'il te plaît, comporte-toi bien» et un «je le fais pour ton bien». Lorsque j'arrive au guichet, la préposée (qui prend son rôle beaucoup trop au sérieux) me demande une carte d'identité. Un peu naïvement, je lui demande pourquoi. Elle me répond alors, d'un air condescendant, que le film est classé «13 ans et plus». J'ai beau n'avoir que deux ans de plus que l'âge requis et payer mon entrée avec de l'argent de poche que j'ai amassé en vidant le lave-vaisselle et en sortant les poubelles, et c'est peut-être ma sœur qui est venue me reconduire parce que je n'ai pas encore l'âge légal pour conduire un auto, mais il y a tout de même quelque chose de très humiliant dans le fait de se faire carter au cinéma. Simon, en train de payer à la caisse suivante, est témoin de mon infortune et ne peut s'empêcher de se moquer de mon air outré et découragé.

— Ce n'est pas dramatique, Maude, me dit-il nonchalamment. Tu as l'âge, montre-lui ta carte.

Je n'ai encore pas bougé, toisant la pauvre employée comme si c'était une tortionnaire sauvage. Les commentaires de Simon me sortent de mon inertie et je présente enfin mes papiers à la jeune fille qui se tient, stoïque, devant moi. Celle qui n'a probablement pas l'âge légal pour acheter de la bière dans un dépanneur observe ma carte d'assurance maladie pendant plusieurs secondes comme si elle tentait de trouver l'erreur, avant de me la redonner avec un « c'est beau » hautain et glacial. Déjà que je n'étais pas de très bonne humeur, je suis maintenant d'une humeur massacrante. Pour couronner le tout, lorsque Simon raconte ma mésaventure à Emilia et à Matt, ce dernier ose ajouter :

— Ma mère te dirait que tu vas l'apprécier quand tu auras trente ans.

Emilia se retourne vers moi, sachant que j'exècre ce commentaire, devenu un dicton répandu. Quand je vais avoir trente ans... Non, mais quel encouragement approprié et réconfortant ! Il ne me reste que quinze ans, autant de temps que j'ai déjà passé sur cette terre jusqu'à maintenant, avant de voir le côté positif de telles situations. Consciente de mon négativisme et de mon impulsivité, je prends une grande respiration, souris discrètement et rétorque un « ouais » timide plutôt que de me lancer dans de grandes envolées incendiaires sur les phrases préfabriquées et leur absence de fondement. Emilia semble à la fois fière et rassurée de mon attitude raisonnable.

Une fois entrés dans la salle par des couloirs qui m'ont toujours donné l'impression d'être les coulisses d'une salle de spectacle, nous nous assoyons au centre en haut, là où l'expérience est la plus complète, selon ce que j'ai entendu dans un magazine culturel télévisé quelconque sur la chaîne ARTV. Je ne suis pas assez experte en salles de cinéma pour confirmer l'hypothèse émise par la journaliste en question, mais, pour être honnête, je m'en fous suffisamment pour accepter ces préceptes sans analyse exhaustive. À peine sommes-nous assis que Simon plonge son nez dans son iPhone 4S (il a sans doute tenté de persuader ses parents qu'il lui fallait ABSOLUMENT la rangée d'icônes supplémentaires qu'offre le iPhone 5, mais ses arguments n'ont, semble-t-il, pas été assez convaincants). Matt demande à Emilia le nom du parfum qu'elle porte, et moi, toujours perplexe face à la pertinence de ma présence ici, je réponds intérieurement aux questions du *quizz* sur le cinéma qui défile sur l'écran géant. Je reçois alors un coup sur l'épaule provenant de mon voisin. Sim approche son téléphone de mon visage pour que je le regarde. Un peu résignée, je pose un œil sur l'appareil et j'y vois les images de la pré-bande-annonce du film *Despicable Me*

2, dans laquelle les petits bonshommes jaunes chantent *Banana*, une chose qui me fait rire à tout coup. Ayant probablement remarqué les efforts titanesques que je déploie pour garder mon calme, Simon utilise le seul moyen qu'il connaît pour enrayer mon cynisme, et le résultat est magistral. Je me permets même de dire : « Bien joué », et de lui présenter ma main pour un *high five* mérité.

— Je préfère quand tu ris, me dit-il affectueusement.

Ne sachant quoi rétorquer pour briser le climat trop intime qui se crée progressivement, je déclare simplement :

— Je devrais me faire évaluer psychologiquement. Lorsque des bestioles animées jaunes, légèrement machiavéliques et portant des lunettes de soudeur sont une si bonne source de réconfort, il y a vraisemblablement un problème.

— Louis-José Houde a un peu le même effet sur moi, me répond-il, compatissant. Peut-être que nous devrions prendre rendez-vous ensemble.

— Je nous verrais bien entrer dans le bureau du psychologue : « Qu'est-ce que je peux faire pour vous aujourd'hui, les jeunes ? » « Nous souffrons d'un dérèglement psychique grave causé par des créatures fictives de cinquante centimètres de haut et un humoriste qui parle vite. A-t-on une chance de vivre un jour une vie normale? » poursuis-je avec un plaisir non dissimulé.

Simon s'esclaffe et me fixe soudain avec des yeux mélancoliques.

— Ça faisait longtemps.

— Quoi? répliqué-je, tout en connaissant bien trop la réponse.

— Qu'on ne s'était pas amusés ensemble.

Au lieu d'acquiescer et de m'enfoncer inévitablement dans une discussion que je n'ai pas du tout envie d'avoir, je change de sujet:

— Es-tu toujours dans l'équipe de basket de l'école?

Il aime tellement ce sport que j'ai peut-être une chance qu'il s'abstienne d'évoquer les raisons de nos discordes passées pour vanter ses exploits interscolaires.

— Nous avons battu Sainte-Marthe la semaine dernière. Il ne nous reste que trois polyvalentes à affronter avant le grand championnat pour la coupe.

Tentative de déviation réussie.

— Wow, félicitations!

Je dois faire de gros efforts pour que ces mots semblent sentis.

— Es-tu toujours le capitaine? ajouté-je en tentant péniblement de cacher mon manque d'intérêt.

Je n'ai, par contre, pas le temps d'entendre la réponse. Le son, toujours trop fort, déferle dans les haut-parleurs et les lumières se tamisent tranquillement. Heureusement, parce que je ne crois pas que j'aurais réussi à blablater assez longtemps sur ses misérables performances sportives avant que l'ennui et la honte m'empêchent de continuer à feindre de l'intérêt. Les bandes-annonces (l'un des moments que je préfère dans l'expérience cinématographique) ont à peine débuté que le bras de Matt entoure déjà les épaules de ma meilleure amie qui tente, manifestement, de camoufler son excitation. Pour ma part, je me presse contre le banc du côté opposé à Simon pour l'empêcher de tenter toute forme de rapprochement — ou peut-être est-ce pour m'interdire de l'envisager… Difficile à dire.

Il m'arrive, lorsque je regarde un film, de tomber dans un état de transe déroutant; c'est le cas avec des œuvres de Sofia Coppola ou de Martin Scorsese, par exemple, mais, comme l'«œuvre» que les gars ont choisie aujourd'hui a été produite dans le but avoué d'attiser les besoins primaires et d'altérer les facultés cérébrales, mon hypnotisme est davantage dû à l'aberration qu'à l'admiration. Comment peut-on dépenser cent millions de dollars pour une telle ineptie et avoir encore le courage d'affronter les investisseurs et, même, la société qui paie pour la consommer?

Les bruits de fusils et de moteurs, les femmes à la poitrine plantureuse et les répliques salaces ont cependant un effet fascinant sur la gent masculine. Les gars qui nous accompagnent semblent envoûtés par les images qui défilent à l'écran. Peut-être y a-t-il une étude sociologique à faire sur le sujet, certains rapprochements à établir entre l'attention, pourtant limitée en règle générale, de l'homme, et le ronronnement d'un engin mécanique ou les courbes généreuses de femmes outrageusement botoxées. Une recherche que je m'abstiendrai toutefois d'effectuer ; j'ai déjà assez de pression sur les épaules pour parvenir à me fondre dans la masse adolescente, pas besoin de défis supplémentaires, merci.

Puisque le film n'éveille en moi aucun intérêt véritable, je décide d'aller me chercher une boisson gazeuse trop grosse et trop dispendieuse au comptoir à friandises — davantage pour passer le temps que pour me désaltérer. J'enjambe les genoux de Simon et de Matt, imperturbables devant tant de finesse intellectuelle, et d'Emilia qui me demande où je vais, avec une inquiétude perceptible dans la voix. Je lui fais signe de se taire plutôt que de m'encourager à m'engager dans une discussion sur les formats de boissons, au grand plaisir de l'homme corpulent derrière elle qui semble excessivement importuné par le mouvement soudain dans la rangée. « Regarde un film sur ton cinéma maison si tu n'acceptes pas les déplacements d'autrui », ai-je envie de lui lancer avant de prendre une grande respiration et de poursuivre ma course calmement vers la sortie. L'endroit baigne dans un calme étrange et troublant. Je n'ai jamais compris, en fait, pourquoi les cinémas présentent plusieurs films en même temps ; ça crée des embouteillages inutiles à l'entrée et à la sortie des salles, et il n'y a jamais de représentation (ou presque) entre 20 et 21 h. Voilà une autre chose à ajouter à la liste des phénomènes qui m'exaspèrent. Un jeune homme au visage bourgeonnant est affalé sur le comptoir, l'air dépité. Lorsqu'il entend mes pas se diriger vers lui, il se relève militairement, craignant proba- blement que ces derniers appartiennent à son patron. Soulagé de voir apparaître une jeune fille inoffensive dans son champ de vision, il me sourit jusqu'à ce que je m'arrête devant sa caisse.

— Je voudrais une orangeade, s'il vous plaît, lui demandé-je respectueusement.

— *Yo*, on n'en a pas, j'peux te faire un *cool mix* avec du Fruitopia pis du Sprite, mais j'peux pas te jurer que ça va être vraiment *chill*, baragouine- t-il dans une langue dont je suppose qu'il s'agit du français.

Je pourrais bien sûr lui répondre dans un dialecte qu'il comprendrait, mais la tentation est trop grande.

— Tu m'as presque convaincue, avec une description si élogieuse du produit et ta connaissance impressionnante de la terminologie entourant les boissons de distributeurs, mais je crois que j'opterai pour le nectar cristallin uniquement.

Comme prévu, le jeune *homo sapiens* m'observe avec curiosité, comme s'il était témoin de l'une de ces permutations où l'adulte et l'adolescent échangent leurs enveloppes corporelles le temps de quelques scènes gênantes et douteuses au sein d'un film mal réalisé et, surtout, mal scénarisé. Je ne peux m'empêcher de rigoler avant d'ajouter:

— M'as te prendre un Sprite.

Réclamation qu'il semble assimiler puisque, sans un mot, il se dirige vers la machine distributrice et évite de me regarder dans les yeux. Il faut faire attention, ça pourrait s'attraper, ça, le vocabulaire et la rhétorique, et certains jeunes ne sauraient certainement pas comment gérer ce virus.

Quand on me parle comme on écrit un texto, c'est-à-dire avec des abréviations et des mots d'argot ridicules, j'ai tendance à répondre dans un dialecte pédant et souvent incompréhensible pour ceux qui ne consultent pas régulièrement le dictionnaire. Je ne suis pas une fervente défenseure du français ni une militante pour le respect de la loi 101, mais j'aime ma langue; elle est poétique, lyrique, romantique, et je crois que certains Québécois vont trop loin avec leur jargon incompréhensible et leurs anglicismes aberrants. Attention par contre, les Français sont encore pires. En traduisant, par exemple, le titre du film *The Hangover* par *Very Bad Trip*, ils ne font que ridiculiser cette richesse qui, pour nous, est fragile.

Suffit les réflexions trop profondes ! J'ai tout de même des bruits de moteur et des blagues de pet qui m'attendent dans la salle 14. Je paie le caissier, encore pantois et vraisemblablement troublé, et retourne m'asseoir auprès de mes camarades avec une gigantesque boisson et une petite fierté d'avoir traumatisé un salarié du cinéma.

Chapitre 13

Dans l'eau chaude

J'écoute — ou devrais-je dire : je subis — cette infirmité cinématographique durant encore soixante minutes avant de voir, rassurée, le générique de fin défiler sur des airs de hip-hop. Matt et Simon, manifestement comblés, se lèvent de leur siège, souriants, semblant chercher l'approbation dans nos yeux. Emilia se contente de dire, peu convaincue : « C'était… un bon divertissement », alors que je préfère m'abstenir de tout commentaire. (Maturité ou paresse intellectuelle ? Peut-être un peu des deux.) Simon nous demande si nous avons des plans pour le reste de la soirée. J'ai envie de répondre que j'ai assez donné pour aujourd'hui et que mon lit m'appelle, mais Emilia, comme si elle avait lu dans mes pensées, me donne un discret mais violent coup de pied dans le mollet.

— On peut aller chez moi, mon *padre* travaille tard ce soir, et ma *madre* est à Londres, ajoute-t-elle, enjouée.

— J'adore ton accent, se contente de répondre Matt avec un sourire ingénu.

— Alors, vous embarquez avec nous et on va veiller chez Emilia? intervient Simon, qui semble impatient de quitter la foule pressée qui envahit maintenant le hall.

Emilia se dépêche d'acquiescer et me tire par le bras pour éviter que je tente de fuir, comme j'en ai tant envie, et de l'abandonner avec ces deux garçons qu'en fin de compte elle connaît à peine.

Assise à l'arrière de la voiture de Simon, je tente de raisonner Emilia en lui marmonnant, le plus discrètement possible, qu'inviter deux étrangers chez elle sans l'accord de ses parents n'est peut-être pas l'initiative du siècle.

— *¡ Tranquilo!* Tout est sous contrôle, ose-t-elle me rétorquer, presque présomptueuse.

Je préfère ne rien ajouter et lui laisser croire qu'elle domine la situation (le « j'te l'avais dit » si jouissif viendra inévitablement). Je m'avance légèrement et demande à Simon depuis quand il a son permis de conduire.

— En fait, je ne l'ai pas encore officiellement, s'avise-t-il de me répondre.

Matt se met à rire et, moi, je fulmine.

— Comment ça, tu ne l'as pas officiellement? Es-tu en train de me dire que tu risques nos vies pour jouer au *cool* qui se promène en Civic?

— Relaxe, j'ai passé le test théorique. C'est juste que j'ai coupé un camion pendant mon examen sur la route et l'évaluateur a décidé de faire son chiant et de ne pas me faire passer, a le culot de dire Simon.

— Est-ce que c'est juste moi qui considère que si tu n'as pas ton permis, si un instructeur professionnel a considéré que tu ne devais pas t'aventurer sur la route avec une voiture, on ne devrait pas avoir cette discussion dans une putain de Honda en marche?! m'énervé-je en me retournant vers Emilia pour la ramener à la raison.

— *My god, keep it cool*, Maude, personne n'est mort, me lance mon « amie » (je ne suis pas convaincue qu'elle mérite ce titre en ce moment).

Je ferme les yeux un instant pour tenter de garder mon calme. J'ai vraiment l'impression d'être en présence d'enfants de quatre ans qui ne comprennent pas pourquoi il ne faut pas mettre ses mains sur le rond du poêle lorsque la petite lumière rouge est allumée. Peut-être qu'il me manque ce gène, ou cette hormone, qui permet aux adolescents d'agir parfois de manière moralement inconcevable. Peut-être est-ce un oubli, une distraction du Tout-Puissant, ou peut-être l'ai-je perdu trop rapidement, comme mes dents de bébé, ou peut-être encore se développera-t-elle plus tard, comme chez ceux qui, à cinquante ans, s'achètent une Harley Davidson ou une corvette décapotable rouge, pensant avoir l'air plus jeunes et fringants. Même si tout le monde sait qu'un homme dans la cinquantaine ne peut avoir l'air plus fossile qu'au volant d'une décapotable sport. J'ignore la véritable raison de cette absence d'ingénuité, mais ce que je sais par contre, c'est qu'il m'est impossible de me sentir libre et délinquante, comme Emilia actuellement, sur la banquette arrière d'une automobile conduite par un mineur sans permis.

Arrivée chez Emilia saine et sauve, je sors de la voiture en claquant la portière. J'ai peut-être une sagesse différente, une maturité supérieure, mais j'ai le caractère d'une enfant de maternelle quand on joue avec mes nerfs (elle est peut-être là, l'erreur : trop de caractère, pas assez d'insouciance). Je me dirige immédiatement vers le sous-sol, où se trouve le quartier général de la princesse Ortega. J'entends les deux gars s'exclamer face à tant de richesse et de luxe. Il est évident que si on s'attend à un bungalow ordinaire de banlieue, les atouts de la demeure d'Emilia peuvent impressionner : les deux mille mètres carrés de terrain, la piscine creusée chauffée, le spa pouvant accueillir quatorze personnes, la vue imprenable sur les lumières du centre-ville à travers la façade vitrée, l'escalier en colimaçon éclairé par un lustre montgolfière, la cuisine spacieuse et les deux poêles à combustion lente, la chambre principale avec bain tourbillon et chaise de massage, ainsi que la salle de cinéma maison munie d'un écran géant qui couvre un mur entier, de fauteuils hyper confortables et d'une machine à *popcorn* antique. Ces symboles d'opulence ne m'ont, personnellement, jamais subjuguée — du moins, jamais autant qu'ils épatent Matt qui semble faire une crise cardiaque chaque fois qu'il découvre une nouvelle pièce. Peut-être est-ce aussi qu'avec les années, je ne vois plus ces choses matérielles qui indiquent que les membres de la famille d'Emilia sont des gens nantis. Après avoir fait le tour du propriétaire, les deux gars, démesurément emballés, terminent leur visite au sous-sol dans le repaire privé de l'héritière. Beaucoup trop occupés à contempler les appartements d'Emilia, ils ne remarquent même pas ma présence sur le divan modulaire en cuir noir — à bien y penser, vu leur enthousiasme désarmant, j'ignore s'ils se souviennent de ma présence, et même de mon existence. Ils commencent à jouer au billard sur la table fuchsia, fabriquée sur mesure pour l'enfant-reine, alors que cette dernière vient me rejoindre sur le canapé. Elle m'entoure de ses bras, appuie sa tête sur mon épaule et me souffle :

— Merci d'être venue jusqu'ici, *gracias*.

Elle me rappelle soudain la raison de ma présence ici, et mes efforts surhumains pour agir irrévérencieusement ; ce n'est pas uniquement pour décoder mes jeunes semblables ou pour me sentir plus normale que je suis si acharnée, c'est pour elle, pour que ma meilleure amie n'ait pas de regrets, pour qu'elle ne passe pas à côté des joies de l'adolescence à cause de mes travers.

— Tu les as impressionnés avec tes gros jouets, lancé-je à la rigolade.

— On dirait bien… J'avoue y avoir trouvé un certain plaisir. Les yeux de Matt brillaient comme s'il venait de voir *Papá Noel*, me dit-elle tout bas pour que ses deux invités ne l'entendent pas.

— C'est quoi, la suite du plan? On joue à la bouteille? proposé-je sarcastiquement.

Le mutisme temporaire de mon amie m'inquiète. Est-ce que je viens vraiment de lui donner une idée? Avant que je puisse ajouter que je blaguais, elle me répond, souriante:

— *No te preocupes*, je ne te ferai pas ça.

— Tu m'as fait peur.

— Une baignade nocturne, ça te dirait? me suggère-t-elle, enjouée.

— En espérant que tu parles du spa et non pas de ta piscine glacée, j'embarque.

Je n'apprécie pas particulièrement l'idée de me retrouver à moitié nue dans un bain chaud avec deux étrangers et ma meilleure amie, mais au point où j'en suis… Nous proposons l'idée aux garçons qui n'hésitent pas une seconde à abandonner leur queue de billard pour une trempette nocturne avec deux jeunes filles. Même s'ils ne voient pas d'objection à entrer dans l'eau en sous-vêtements, Emilia leur indique qu'il y a des maillots de toutes les tailles dans la chambre d'amis au rez-de-chaussée — heureusement parce que je ne me sens pas prête psychologiquement à voir le type de boxers (ou de bobettes — j'ai mal au cœur) que porte Matt. Simon, ça peut passer, mais pas son ami débile.

Il est difficile de se sentir plus vulnérable que lorsqu'on porte un bikini rose orné de papillons et de libellules et dont la culotte arbore, à l'arrière, l'inscription «Juicy». J'entends même intérieurement un animateur à la voix suave s'exclamer : «Et c'est maintenant au tour de la jeune collégienne Maude de danser pour vous, messieurs, ce soir!» lorsque je sors de la salle de bain du deuxième étage. Emilia, fière dans son long maillot noir dont la coupe asymétrique laisse entrevoir son *piercing* au nombril, tente de m'encourager en me disant que je suis magnifique et que je ne devrais pas avoir honte de mon corps; facile à dire quand on a l'air d'un mannequin de Victoria's Secret. J'enfile tout de même rapidement la robe de chambre qu'elle me tend pour cacher mes formes encore inassumées et descends ensuite les escaliers, emmitouflée dans le duveteux peignoir rose de la mère d'Emilia. Matt et Simon nous observent tendrement comme s'ils regardaient leurs futures épouses s'avancer dans l'allée d'une église, d'un œil admiratif et triomphant. Leur regard soutenu me perturbe énormément, tandis que ma meilleure amie semble gérer la situation avec grande aisance — un gène unique aux filles qui sont, depuis toujours, contemplées en secret.

— Beau maillot, déclaré-je en montrant le costume de bain bleu avec des motifs de canards et de bouées que porte Simon.

— C'est le seul qui était à ma taille, se défend-il, légèrement offensé que je dirige l'attention de ses amis vers cette atrocité vestimentaire qui contraste avec ses pectoraux sculptés.

Alors que tous les regards sont tournés vers Simon, j'en profite pour accélérer le pas, franchir la porte-fenêtre, m'engouffrer dans l'air glacé, retirer ma robe de chambre et cacher mes minces atours dans le bouillonnement de l'eau. Installée dans un coin du bassin, les bras entourant mes jambes repliées, je regarde frissonner mes trois comparses qui me rejoignent promptement. La température extérieure doit friser les -20 °C, alors que celle du spa atteint les 100 °F (pourquoi on mesure en Celsius lorsqu'il est question de température extérieure, mais en Fahrenheit quand on parle d'un liquide ?). Bientôt, chacun occupe son coin et épie les autres avec embarras, se demandant lequel osera briser l'inconfortable silence le premier. Emilia le fait avec ce qui pourrait aisément lui valoir le trophée de la pire question de l'histoire de l'humanité :

— Est-ce que vous habitez encore chez vos parents ?

S'apercevant rapidement qu'elle s'adresse à des jeunes de seize ans et non à de mignons inconnus appuyés au bar d'une discothèque branchée du centre-ville, elle se reprend rapidement :

— *Quería decir* : vos parents sont-ils encore ensemble ? Avez-vous une ou deux maisons ? Habites-tu près de chez Simon, Matt ?

Évidemment, mal à l'aise, elle a enchaîné ses interrogations comme un avocat qui tente d'ébranler un témoin.

— Vous pouvez répondre à une question à la fois, lancé-je. Pas besoin de nous donner votre numéro d'assurance sociale tout de suite.

J'ai voulu détendre l'atmosphère qui devenait de plus en plus lourde et, pour alimenter ce rire qui allège effectivement l'ambiance, j'ajoute :

— Une copie de votre certificat de naissance et une décharge signée par vos parents ou tuteurs suffiront pour l'instant.

Matt répond le premier :

— Mon père et ma mère sont séparés depuis douze ans. Je n'ai aucun souvenir d'eux en tant que couple. Je vais chez mon père une fin de semaine sur deux. J'y ai deux demi-sœurs. Le reste du temps, j'habite chez ma mère et son copain, pas très loin de l'école, avec mon demi-frère Francis et ma demi-sœur Geneviève.

Il devient tout à coup plus sérieux, plus grave :

— La famille, même la société, est en mode « demi » depuis quelques générations. On a des demi-frères, des demi-sœurs, des demi-pères et mères. Il y a même des gens avec qui nous avons des liens de sang, mais à qui on ne donne pas de titre parce que ce serait trop compliqué de les définir.

— Tu es donc ben intense, Matt, ce soir ! s'étonne Simon.

— Non, mais c'est vrai, Simba, c'est rendu vraiment compliqué, ajoute Matt de façon presque inaudible dans le bruit des remous.

— Simba ? fait Emilia.

Simon envoie de l'eau au visage de son ami comme pour lui rappeler une chose qu'il semble lui avoir déjà dite :

— Il n'y a que les membres de ma famille qui m'appellent comme ça, tu le sais, le cave.

— Non, arrête, c'est *cute*, affirme Emilia pour le réconforter.

— Je trouve ça affreux, mais c'est le genre de chose qui te reste collée à la peau toute ta vie, j'imagine.

Je viens de faire le lien : SIMon BAzin.

— Est-ce que c'est seulement un jeu de mots avec ton nom, ou il y a un lien avec le film ?

— Il semblerait que quand je suis né, j'avais beaucoup de cheveux, plusieurs parlaient de ma crinière. Le film n'était pas sorti depuis très longtemps - deux ou trois ans -, alors on m'a rapidement associé à l'héritier du trône de Mufasa.

J'avais déjà des sœurs princesses de Disney. Maintenant, j'ai un ami qui fait partie de l'univers du *Roi Lion*; j'ai assurément été la dernière à piger dans le sac à vies.

— Si lui, c'est Simba, tu seras alors Pumba, déclare Emilia en se tournant vers Matt, qui semble ne plus la trouver aussi séduisante et fantastique.

— Et l'idée de me donner le nom d'un phacochère t'est venue naturellement?

Je ne pensais vraiment pas que la discussion irait dans ce sens. Je choisis de la ramener sur sa trajectoire initiale avant qu'on décide de me surnommer Nala ou Timon.

— Et toi, Simon, tes parents sont divorcés? lancé-je, même si je connais déjà la réponse.

— Non, vingt ans de mariage et je ne les ai jamais entendus se chamailler une seule fois, répond-il.

— Mais les parents de Simon, c'est une exception, je les soupçonne de ne pas être tout à fait normaux, réplique le phacochère.

— Les miens sont toujours ensemble aussi, ajoute Emilia, sur la défensive.

— Ton père doit donc avoir une maîtresse, rétorque Matt, visiblement amer à cause du divorce de ses parents.

Comme pour accentuer l'aspect dramatique de la situation, comme si le spa voulait montrer qu'il n'a pas apprécié cette dernière phrase, le bouillonnement s'arrête soudain et un silence de mort s'installe, aggravant le malaise que Matt a créé avec son commentaire désobligeant. Le jeune homme, réalisant qu'il vient de heurter celle qu'il tente de séduire, s'excuse rapidement, évoquant les nombreuses disputes de ses parents et les quelques liaisons que son père a eues avec des femmes beaucoup plus jeunes, avant d'avoir le courage d'abandonner sa vie rangée avec son épouse et son fils. L'image de mon père quittant la maison avec une fille à peine plus âgée qu'Ariel l'est aujourd'hui me revient subitement en tête. Je décide de ne pas m'en préoccuper et de plutôt détendre l'atmosphère qui est de plus en plus lourde; mon rôle de clown commence à me peser. Je façonne une balle de neige et la lance au visage de Simon. Bientôt, Emilia nous propose une virée dans le banc de neige. Elle précise que l'alternance du froid et du chaud est un élixir de rajeunissement pour la peau et un outil de relaxation sans pareil. Il ne fallait pas tant d'arguments pour convaincre deux jeunes cons de s'élancer dans les congères qui recouvrent la cour arrière.

Simon et son meilleur ami s'extirpent du bassin en entraînant de fortes éclaboussures — au moins dix litres d'eau les ont suivis — et précipitent leur corps presque nu dans l'hiver. J'hésite pour ma part quelques secondes avant de les suivre, dubitative. Lorsque mes pieds touchent la neige, je me questionne sur les motifs de ce geste stupide qui me vaudra probablement encore une grippe et des hémorroïdes. Le froid m'empêche de raisonner ; je pivote sur mes talons pour retourner dans la chaleur réconfortante quand des mains m'agrippent et m'attirent dans la neige. J'ai à peine le temps d'entrevoir le visage de Simon avant de me relever et de courir me cacher dans les bouillons. Je lui lance un regard haineux lorsqu'il regagne à son tour le spa.

— *Come on*, fais-moi pas cette face-là, tu ne l'aurais pas fait si je ne t'avais pas aidée, me dit-il, vraisemblablement fier de lui. C'est toi qui as commencé en plus.

Simon : 1, Maude : 0. Il faut absolument que j'apprenne à détourner les conversations sans me mettre dans l'embarras.

Nous passons encore un moment dans le spa, puis je rentre au bercail à pied. Simon a bien insisté pour venir me reconduire, mais il a rapidement compris, en scrutant mon regard dépité, que ce n'était pas une option négociable.

En marchant vers chez moi, je me demande à quoi ressemblerait ma vie si j'avais une mère poule, du genre qui attend impatiemment le retour de sa cadette, plongée dans un noir sinistre. Je comprends bien que ce type de situation peut être difficile à gérer pour les adolescents qui reprochent à leur mère de ne pas leur faire assez confiance, mais la mienne est si peu inquiète, si insensible face à mes virées nocturnes que je me demande parfois si ce que j'ai toujours considéré comme du respect n'est pas en fait un manque d'intérêt. Étrangement, ce soir, alors que je passe le pas de la porte d'entrée, une image de mon père me revient à l'esprit : un homme séduisant dont l'odeur me rappelait les escapades en forêt à l'automne. Je n'ai que très peu de souvenirs de lui, uniquement des flashs et quelques photos que je garde secrètement (et honteusement) dans un coffre en métal au fond de ma penderie. J'aurais préféré qu'il nous quitte alors que je n'étais qu'un bébé ; ainsi, je n'aurais pas ces pensées récurrentes, ces images trop précises d'un individu égoïste que je m'efforce depuis des années de haïr rationnellement. Je crois qu'il est impossible de détester viscéralement ses parents, même s'ils nous rejettent, nous trahissent ou nous abandonnent ; une partie de leur sang coule dans nos veines, c'est grâce à eux que nous sommes sur cette terre — c'est du moins ce que je me répète lorsque, les nuits de nostalgie, la voix caverneuse de mon père et ses traits (trop) semblables aux miens me manquent. Jamais je n'irais avouer à ma mère cet impardonnable sentiment de manque à l'égard d'un homme qui a tourné le dos à ses responsabilités, à ses obligations, pour les beaux yeux d'une étrangère.

Comme prévu, le silence règne dans la maison. Ma mère est d'ailleurs celle qui ronfle le plus fort. Je descends les escaliers avec précaution dans l'espoir de ne pas informer mes sœurs de ma rentrée tardive. Le sous-sol semble désert ; la chambre d'Ariel est vide, celle de Belle également, alors que la porte de celle de Jasmine est close. Je me faufile jusque dans mes appartements, bien plus modestes que ceux d'Emilia, et m'endors à la seconde où ma tête touche l'oreiller.

Chapitre 14

L'infâme premier du mois

Le lendemain matin, je me réveille encore tout habillée, des cheveux collés sur mon visage, des marques d'oreiller dans le cou, et l'impression d'avoir couru un marathon la veille, tant mes jambes sont endolories. Sans doute sont-elles seulement engourdies, mais les poser sur le sol m'apparaît comme un exercice colossal en ce matin du 1er mars. J'ignore pourquoi, mais, aussi loin que je me souvienne, je n'ai jamais apprécié le premier jour de chaque mois. Ces journées sont un peu mes vendredi 13. Malheureusement pour moi, elles reviennent plus régulièrement que cette date qui effraie tant les superstitieux. J'ai appris à ne pas me battre contre cette malédiction pernicieuse et étrange. Le premier de chaque mois, je ne démarre pas de nouveaux projets, je tente de ne pas m'entretenir avec de nouvelles personnes, je ne m'engage pas dans des débats corsés et je ne fais aucune activité, si ce n'est me rendre à l'école. J'ai bien tenté de convaincre ma mère, lorsque j'étais au primaire, que je devais rester à la maison le premier de chaque mois, mais elle ne semblait pas comprendre la gravité de la situation…

J'enfile donc des vêtements propres, attache mes cheveux en un chignon maladroit et enfile mon manteau sans même tenter ma chance dans la salle de bain. J'en demande toujours moins à la destinée le premier de chaque mois, et mon accès à cette pièce maîtresse est tellement occasionnel et privilégié que mes efforts seraient vains, et ce, même si seulement un tiers de ma fratrie semble être à la maison.

Il pleut. Évidemment. J'emprunte le parapluie Heineken qui traîne dans l'entrée et prends à contrecœur la route de l'école. La pluie a une consistance particulière : entre l'eau et la grêle. De l'eau froide et abondante, ce n'était pas suffisant, semble-t-il, ce matin. Dame Nature a sorti ses meilleures armes en cette première journée du mois de mars, qui annonce pourtant le printemps et l'espoir. Sous la force des précipitations et des vents, mon parapluie se retourne et dévoile son squelette aux automobilistes curieux qui, de leurs voitures, semblent me plaindre, pauvre jeune fille détrempée et éreintée.

Lorsque j'entre enfin dans l'école, je sens sur moi les regards des étudiants flânant dans le hall. Peut-être plaignent-ils, eux aussi, la pauvre misérable qui doit marcher pour se rendre à l'école, ou peut-être s'amusent-ils de me voir si disgracieuse et vulnérable, peu m'importe. Je me dirige vers ma case d'un pas ferme, bien décidée à ne pas me laisser abattre par le temps, par mon apparence ou par mes superstitions naïves. Au moment où j'entame mentalement un discours d'encouragement adressé à moi-même, je glisse sur une flaque d'eau et m'effondre sur le sol devant des centaines de jeunes pressés. Avant de me relever, je prends une grande respiration et souhaite que cette journée ne soit pas à l'image de ses premiers instants.

Arrivée à ma case, je vois Emilia qui se dirige vers moi avec un *cupcake* à la main.

— Mon père a eu une rage de sucre cette nuit quand il est revenu du travail. Je t'en ai apporté un pour te remercier pour hier et pour aider à faire passer le premier du mois, me dit-elle avec une douceur réconfortante.

— Merci, c'est apprécié.

J'engloutis le petit gâteau en deux immenses bouchées. Le sucre et l'extrait de vanille agissent comme un stimulant dans mes veines et me donnent davantage de courage pour affronter les heures de cours insupportables que je m'apprête à passer. Mon prochain calvaire s'appelle madame Bourque. De retour d'un congé de quelques jours à la suite d'une maligne gastro, notre professeure de français décide ce matin de nous faire réviser les participes passés ; probablement le calvaire de tous les étudiants et même de toutes les secrétaires. Les pires sont ceux des verbes pronominaux ; ils sont un peu les ex du monde grammatical, on fait ce qu'on peut pour les éviter, mais lorsqu'on doit les affronter, on ne sait jamais comment les traiter. Bien que madame Bourque se démène corps et âme pour nous faire comprendre les fondements de ces difficultés de la langue française, personne ne semble lui accorder l'attention qu'elle mérite. Personnellement, je suis davantage dans l'asservissement que dans la productivité ; j'écoute sagement sans assimiler entièrement la matière enseignée.

Elle est belle, notre langue, certes, mais la beauté est souvent accompagnée d'un fardeau de responsabilités et de caprices. Un participe passé accompagné du verbe avoir s'accordera avec son complément d'objet direct seulement si celui-ci est placé devant ; quel genre de règle arbitraire est-ce, celle-là ? Le verbe avoir est-il à ce point présomptueux qu'il ne peut se résigner à s'accorder avec le sujet, comme tous les autres ? Monsieur, qui trouve son sens dans la possession, a besoin d'un statut particulier, d'une notoriété différente de celle de ses semblables. Il ne pourrait pas se résigner au titre et aux nuances du verbe être, qui ne signifie, après tout, qu'exister ? Les autres verbes ne sont, dans l'ensemble, guère mieux, chacun appartenant à sa catégorie, à son groupe respectif et ne pouvant descendre de son piédestal que pour jouer à l'homonyme. Qui sait, peut-être même que les mots « *full* » et « *cool* » ne s'étaient jamais rencontrés dans leur langue originale, pourtant, ils entretiennent aujourd'hui une relation amicale immuable par-delà les barrières culturelles. L'interjection « ha ha ha » a rapidement été remplacée par l'acronyme « lol », trois lettres représentant des mots qui n'appartiennent même pas à la langue française. Les interjections ont peut-être engagé des avocats pour les défendre contre ces étrangers qui viennent voler leur *job*. Sans preuve de la culpabilité de ces acronymes immigrés, les onomatopées ont dû s'incliner et accepter la présence de profanes parmi leur rang. Certains noms propres ont dû, eux aussi, perdre leurs lettres de noblesse au fil des ans. Les Maxime, Patrick, Michael et Nicolas y ont laissé leur dernière syllabes, alors que les Louis-Phillipe et Félix-Xavier ne sont devenus que deux minables initiales. Les mots les plus cruels les affublent de surnoms et leur intentent des poursuites pour les forcer à quitter définitivement la fraternité, mais les prénoms raccourcis n'ont pas encore déclaré forfait et préparent une révolution contre les noms de famille. D'ailleurs, la mutinerie a déjà débuté depuis plusieurs années, sournoisement ; les femmes adoptent bien plus rarement qu'avant le nom de leur mari après le mariage, et les nouveau-nés possèdent de moins en moins deux noms de famille.

Tandis que je divague mentalement sur le monde fantastique des mots, m'inventant des méchants, des adjuvants et des héros au sein d'une brigade éclectique, la cloche résonne dans la pièce et m'annonce joyeusement que quelques heures supplémentaires se sont déjà écoulées, dans cette journée que je n'apprécie guère. Emilia s'appuie alors sur mon pupitre et s'exclame :

— Enfin ! C'était interminable. Ta langue est tellement compliquée.

— Mais tellement plus belle, ajouté-je avec un brin de défi dans la voix.

— Pablo Neruda, Gabriel García Márquez…, m'énumère-t-elle pour me prouver les qualités de l'espagnol.

— Molière, Racine, Balzac, poursuis-je, un brin fière que ma meilleure amie s'engage pour une fois dans un débat pertinent — parlementer sur la couleur de chaussures la plus adaptée à une robe de soirée est amusant, mais soulève une po-lémique plutôt limitée.

— Tu gagnes, ce sont les seuls que je connais.

Ma fierté vient de s'éclipser pour laisser place à la déception.

— Tu viens étudier chez moi ce soir? me propose aussitôt Emilia.

— Non, désolée, ma sœur nous présente son nouveau soupirant, et je dois, semble-t-il, être là pour rencontrer le gigolo en question.

— Ce n'est pas un peu inutile? Tu ne crois pas qu'elle va le laisser après quelques mois, comme tous les autres, en prétextant que la magie et l'excitation du début n'y sont plus?

— Bien sûr que oui, mais elle semble étrangement persuadée que c'est différent cette fois. Je lui accorde donc le bénéfice du doute avant de, probablement, devoir me rendre à l'évidence et d'accepter le total détachement émotionnel de ma soeur aînée.

— *De acuerdo.* Si tu trouves un moyen de t'épargner ce supplice, fais-moi signe.

— Évidemment. Je te tiendrai au courant.

Les deux cours suivants sont presque aussi douloureux que le premier. L'exposé de notre professeur de mathématiques, légèrement difforme avec ses jambes trop longues et ses bras trop courts, est d'un ennui mortel. Le prof lui-même semble n'éprouver aucun intérêt pour sa matière, alors que l'accent de notre remplaçante en anglais est si québécois que ce qu'elle nous baragouine est à peine compréhensible. Du haut de son air supérieur, qu'elle emprunte à je ne sais quel snob du milieu culturel, elle me montre du doigt et me demande de lire un paragraphe d'un texte ennuyeux sur les nouvelles technologies.

Ce jour exécrable n'aurait été complet sans cette humiliante performance, devant un groupe de jeunes au jugement rapide. Je lis les mots les uns après les autres sans en comprendre véritablement le sens. J'en viens même à regretter d'avoir condamné la prononciation de l'enseignante; mon accent est sûrement bien pire en ce moment que celui de cette bourgeoise coincée qui se défoule de ses frustrations de trentenaire sur des adolescents inattentifs en les obligeant à s'humilier publiquement. Les quelques lignes sont gorgées d'expressions techniques dont je ne connais pas la signification, même en français.

Heureusement, le carillon annonçant la fin de l'avant-midi m'épargne quelques termes incompréhensibles. Je rejoins Emilia à la cafétéria. Elle est déjà assise avec Sandrine et Ellie, amies depuis le fameux party d'anniversaire qui ne m'a, jusqu'à présent, apporté que des ennuis. Emilia leur raconte notre soirée d'hier, s'éternisant sur les doigts de Matt qui se baladaient sur son épaule pendant le film et sa jambe qui frôlait la sienne dans le spa. Il n'en faut pas plus pour exciter les jeunes collégiennes, émoustillées à la moindre anecdote lubrique. Je ne suis pas, pour ma part, complètement insensible au corps et au charisme du sexe opposé; mes pulsions se développent au même rythme que celles de mes semblables. Mais je ne sens pas le besoin d'en discuter continuellement — surtout pas sur un ton fébrile et hystérique —, ni d'en faire mon sujet de discussion principal. Peut-être est-ce ma mère qui, à force de parler librement de sexualité, en a fait un thème banal ou peut-être est-ce, à l'opposé, une chose qui me rend mal à l'aise, en ayant tant entendu parler mais ne l'ayant jamais expérimentée. Je l'ignore et je ne connaîtrai certainement jamais la raison exacte de cette exaspération face aux discussions juvéniles (peut-être est-ce d'ailleurs tout simplement parce qu'elles sont juvéniles) sur une sexualité débutante, mais je sais qu'elles m'irritent et m'ennuient.

— Moi, j'ai embrassé Jeff en fin de semaine, déclare Sandrine d'un air coquin.

Ellie et Emilia se mettent à sautiller sur leur chaise et à pousser de petits cris nerveux comme si on venait de leur apprendre qu'elles avaient remporté un million de dollars ou un entretien privé avec Justin Timberlake.

— ¿ *Como hizo pasa*? demande ma meilleure amie avec un soubresaut d'excitation injustifié.

Elle s'est même trompée de langue, tellement l'effervescence est à son comble. Je m'assois discrètement près d'elles et écoute le récit prévisible de cette amoureuse novice.

— Il est venu me reconduire à la porte d'entrée de chez moi après notre souper avec la gang de l'impro. Nous étions tous les deux gênés, nous savions que le moment était propice aux rapprochements.

Son auditoire, installé en face d'elle, écoute attentivement ses propos comme s'il s'agissait d'instructions nécessaires à la survie de l'espèce humaine.

— Je ne voulais pas faire le premier pas, j'avais trop peur d'essuyer un refus. Je crois que je n'aurais pas pu le regarder en face après. Tu te souviens d'Amé et JP? demande-t-elle à Ellie. Comment la pauvre a pleuré après qu'il a refusé ses avances?

— On s'en fout, Sandrine! Continue! réplique immédiatement son amie, contrariée qu'elle interrompe ainsi son histoire enlevante.

— Eh bien, je lui ai donné deux becs sur les joues, je l'ai remercié pour la belle soirée et je me suis retournée pour entrer dans la maison quand j'ai senti ses mains dans mon dos.

Ellie et Emilia sont fébriles; elles avancent sur leurs chaises respectives, et leurs yeux s'exorbitant vers la narratrice, pourtant excessivement calme et détendue.

— Il m'a prise dans ses bras, je sentais son cœur battre la chamade, et il a posé passionnément ses lèvres sur les miennes. Elles avaient un goût sucré. Je me suis laissée ensuite emporter par la passion indomptable qui rongeait mon estomac, j'ai mis mes jambes autour de sa taille, il m'a projetée contre le mur de brique et a prolongé son baiser avec fougue. Je passais mes mains dans ses cheveux soyeux pendant que ma langue dansait la valse avec la sienne. Mais tout s'est terminé là, lorsque ma mère a ouvert les lumières du salon en criant: «C'est toi, Sandrine?» Jeff m'a déposée sur le sol et m'a regardée en s'esclaffant. J'ai répondu: «Oui, maman», lui ai fait un clin d'œil et suis allée rejoindre ma chère mère, qui est toujours au mauvais endroit au mauvais moment.

Elle ment, c'est tellement évident que c'en est pathétique; aucun garçon de quinze ans ne se comporterait de la sorte. La pauvre a probablement terminé la soirée seule sur son divan à écouter un film d'amour et a raconté bêtement une scène qu'elle a vue à l'écran. Ou peut-être qu'il y a vraiment eu un baiser et que Jeff a trébuché dans le tapis de l'entrée pour projeter ensuite la jouvencelle sur le mur, mais les situations sulfureuses et passion-nées comme celle-là, on ne les vit pas à quinze ans.

Malgré l'improbabilité de la chose, Emilia ne semble s'apercevoir de rien d'anormal et, plutôt que de mettre en doute le récit de Sandrine, elle déplore l'interruption de ses ébats.

— C'est tout? lance-t-elle.

— Je te ferai remarquer que tu n'as pas ré-embrassé ton Matt depuis ce fameux party, répond Sandrine, visiblement offusquée par le commentaire d'Emilia.

— Ce n'est qu'une question de temps, précise cette dernière qui semble, elle aussi, effarouchée.

Parce qu'il s'avère que je suis devenue la nouvelle porte de sortie dans les situations gênantes ou déstabilisantes, je prends les devants en proposant aux deux jeunes princesses offensées et à Ellie — elle n'a encore rien fait pour me mettre en rogne, elle garde donc son prénom — d'aller nous chercher à manger. Au menu ce midi : la surprise du chef, rien de rassurant pour mon ventre qui gronde depuis 10 h ce matin. Le repas en question est une épaisse bouillie marron clair, accompagnée de branches flétries d'un légume quelconque. Les employés (on appelle ça comment, les gens qui déposent la nourriture dans les assiettes pour les remettre ensuite aux étudiants affamés ?) m'assurent qu'il s'agit d'un ragoût de veau aux asperges. Je soupçonne tout de même que ce sont les restes de la veille passés au mélangeur.

Le sourire ne semble pas être requis pour travailler derrière les comptoirs de la cafétéria. Les préposées au service culinaire (appelons-les ainsi), des femmes frustrées dans la cinquantaine avancée qui portent un filet sur leur tête grise et un uniforme flétri d'une couleur douteuse, paraissent en vouloir aux étudiants et regretter cet âge béni où elles croyaient — naïvement — que

154

leurs rêves de grandeur avaient des chances de se réaliser. Alors que le regard de la plupart des professeurs nous encourage à garder espoir, à foncer et à ne pas abandonner nos objectifs, celui des préposées est plutôt une ode neurasthénique à la désespérance. On dirait que leurs yeux, derrière leurs lunettes usées ou leur cataracte obstinée, nous implorent d'abdiquer immédiatement parce que, de toute façon, nos certitudes seront démenties et notre optimisme, détruit. Le pire spectacle est assurément lorsque, pendant la dernière semaine d'école avant les vacances d'hiver, on les force à porter des bois de renne ou un chapeau de père Noël. La consternation sur leurs traits atteint alors son paroxysme. Heureusement qu'il y a Sonia, qui essuie les plateaux (elle a certainement d'autres tâches, sinon c'est l'une des choses les plus tristes dont j'ai entendu parler de toute ma vie) et qui, malgré l'abrutissement de ses collègues, réussit à sourire et même à nous parler — chose que les autres n'ont jamais osé faire. J'ai même eu un choc la première fois qu'elle s'est adressée à moi ; j'avais présumé que les dames en habit étaient muettes, en plus d'être dépressives et austères. « J'aime ta bague », m'a-t-elle dit en montrant mon doigt décoré. « Merci, c'était à ma grand-mère. En fait… ça l'est toujours, mais elle n'est plus en mesure de s'en souvenir », ai-je répondu, un peu déboussolée. Nous avons alors discuté pendant un moment à propos de la maladie d'Alzheimer qui avait emporté un membre de sa famille récemment. Depuis ce jour, j'ai souvent deux desserts et deux pains dans mon assiette plutôt qu'un comme les autres. Certains se font offrir des billets VIP pour des spectacles, d'autres voyagent gratuitement dans des endroits exotiques, quelques-uns ont des rendez-vous avec des célébrités mondialement connues ; moi, j'ai deux desserts et deux pains le midi. À chacun ses privilèges…

Après avoir fait la file pendant une dizaine de minutes au cœur d'un attroupement de gobelins désobéissants, passé la forêt peuplée de sorcières désabusées, traversé la salle bondée de nains et de géants immatures, je retrouve ma table d'une propreté discutable et mes fidèles compagnes qui, maintenant, semblent discuter de maquillage. Matt surgit alors et nous demande s'il peut s'asseoir à notre table. Les autres enfilent aussitôt leurs masques de jeunes filles sûres d'elles, et accueillent Matt avec un détachement qui ne laisse aucunement paraître les manières infantiles et la voix suraigüe qu'elles avaient il y a quelques minutes en parlant de lui.

— Vous croyez que c'est quoi, en réalité ? nous demande Matt en montrant son assiette avec un dédain évident.

Nous observons nos plateaux avec perplexité en nous demandant si le jeu en vaut la chandelle, si nous avons suffisamment faim pour avaler cette mixture suspecte.

— Je ne suis pas convaincue qu'ils ont le droit de nous traiter comme des animaux de laboratoire, rétorque Ellie.

— Les enfants à l'usine de Nike en Asie ont probablement des repas plus appétissants que ça, renchérit la Latino-Américaine.

Personnellement, mon estomac s'efforce de me convaincre de la fraîcheur du plat — ils ne nous serviraient quand même pas quelque chose qui n'est pas comestible, n'est ce pas ? Honnêtement, j'ai atteint un niveau de dégoût qui me permet d'en douter. Je crois même que les repas que l'on nous sert dans l'avion — les mets gélatineux qui bougent sans qu'on les touche — sont plus invitants que cette platée de viande en bouillie.

— Crois-tu que tu pourrais nous apporter d'autres pains, Maude ? me demande Emilia avec son regard de chat piteux.

— Je ne sais pas si je peux m'en procurer assez pour tout le monde, lui dis-je, un peu insultée qu'elle fasse appel à mes contacts.

Après que mon amie leur a expliqué la raison pour laquelle j'ai droit à de la pitance supplémentaire, les trois étudiants affamés se retournent vers moi et réclament mon aide du regard. Bien que je n'aie guère envie d'abuser de mes privilèges et de mettre dans l'embarras cette dame que je respecte, je ne peux que me rendre à l'évidence en observant la bouillie qui remplit mon assiette : il nous est impossible, en toute conscience, d'avaler cette chose visqueuse. En me levant de ma chaise, je me sens étrangement invincible, un brin délinquante, comme un voleur qui part braquer une banque (je vous rappelle qu'on parle ici de pains ; vous ne voyez donc pas comme c'est pathétique, l'adolescence…). Je prends même un air et une attitude de mafioso pour l'occasion. Je m'avance vers Sonia et lui lance un regard complice. Intriguée, elle s'approche de moi, tandis que je tente de rester naturelle malgré la gêne qui me submerge (avez-vous déjà remarqué qu'il n'y a aucun moment dans la vie où nous sommes moins naturels que lorsque nous nous forçons à agir normalement ?), et me demande ce qu'elle peut faire pour moi.

— Eh bien… mes amis et moi, nous nous demandions si…

— Ne sois pas si timide, je ne mangerais pas cette bouette non plus, même si on m'y forçait. Attends-moi ici, me lance-t-elle avant de partir vers les cuisines.

Un peu désorientée par la facilité de ma mission, je fixe la porte par laquelle Sonia est entrée en espérant la revoir la franchir avec des douceurs plein les bras. À peine une ou deux minutes plus tard, elle revient avec un énorme sac en papier brun. Elle me le tend en me conseillant d'aller manger ailleurs pour éviter les regards et les questions des autres. Je prends le cadeau dans mes mains et file vers mes copains.

— On s'en va, leur dis-je en attrapant mon plateau sur lequel repose une assiette à peine entamée.

J'en vide le contenu dans la poubelle (et ne me dites pas que des enfants meurent de faim en Afrique; même eux, ils n'auraient pas voulu de ce ragoût) et sors de la cafétéria, suivie des quatre jouvenceaux.

J'hésite un instant à faire découvrir à Ellie et à Sandrine — et surtout à Matt — cet endroit où Emilia et moi nous sommes cachées pendant des années, loin des foules et des regards, mais je sais que ma meilleure amie me dirait que cette acceptation de nouveaux visages dans mon cercle fait partie de mon apprentissage, de mes devoirs classiques d'adolescente. J'escorte donc mes compagnons jusqu'à notre escalier, près du gymnase.

— Wow, c'est super ici! s'exclame Matt en ouvrant la porte métallique.

— Oui, je sais, mais c'est écho aussi, alors moins fort, s'il te plaît, lui dis-je pour le ramener à l'ordre.

Ça fait trois ans qu'on vient ici sans que personne ne nous surprenne; je n'ai guère envie de risquer tous mes privilèges dans la même journée pour les beaux yeux d'un couillon, qui n'est même pas encore officiellement un ami.

Nous nous assoyons tous sur le palier du deuxième étage et étalons sur le sol les dons d'une altruiste. Il y a évidemment nombre de petits pains emballés individuellement, mais également des sacs de chips, des brownies, des salades de fruits et quelques tranches de fromage Petit Québec. Nous nous regardons d'abord dans les yeux, comme si nous nous provoquions mutuellement en duel, et attaquons pour attraper les meilleures victuailles. Ce dîner n'est certes pas le plus équilibré qu'il m'ait été donné de manger, mais puisque les consignes du *Guide alimentaire canadien* ne sont que des recommandations et non des obligations, je me permets d'y déroger dans des situations extrêmes comme celle-ci.

Bientôt, il ne reste plus que des papiers et des coupes de plastique vides. Nous sommes rassasiés et satisfaits de ce repas relativement néfaste pour notre santé. Ce premier du mois ne m'apparaît plus comme une épreuve tout à coup, mais davantage comme un défi; quand la vie met des obstacles sur ma route, je devrais m'amuser à les dépasser plutôt que me décourager en les voyant arriver (Gandhi, sors de ce corps).

— Ark, on a éduc cet aprèm, souligne alors Ellie qui semble sortir soudainement de sa transe post-brownies.

Ça y est, mon beau positivisme s'envole aussitôt que le visage austère de mon professeur de gym et celui de son assistant narcissique apparaissent dans mon esprit.

— Oh non! m'exclamé-je en une plainte languissante.

— Et si vous n'y alliez pas? propose Matt.

— Tu voudrais qu'on *loafe* les cours? l'interroge Sandrine, dubitative face à l'offre pourtant tentante de l'élève de quatrième secondaire.

— Pourquoi pas? insiste le délinquant.

— Parce que mes parents risquent de me tuer avant mon seizième anniversaire, rétorque Ellie.

Est-ce que faire l'école buissonnière peut être considéré comme un dépassement de soi, comme une manière de relever un défi ou… de déjouer le sort? Au cœur de mes réflexions vagabondes, j'entends:

— Maude ne le fera jamais.

— Pourquoi pas? m'empressé-je de demander.

— Parce que c'est le genre d'attitudes adolescentes que tu réprouves. Tu me dirais probablement: «Ce n'est pas en fuyant qu'on avance» ou une autre connerie du genre, me dit Emilia d'un ton prétentieux, bien calculé pour obtenir une riposte de ma part.

— Faisons-le alors, lancé-je, me déclarant ainsi vaincue par la pression sociale.

Chapitre 15

Souvenirs empoisonnés

Une partie de moi est dégoûtée de me voir agir de la sorte, de choisir la voie de la facilité, d'agir comme une enfant inconsciente, mais aujourd'hui je décide de bâillonner mon côté cartésien qui m'indique habituellement les bons chemins à suivre et je me contente de répondre à mes impulsions plutôt que de les analyser (n'est-ce pas ce que font les adolescents normaux... et les gens qui ont subi des traumatismes crâniens?).

Nous ramassons les derniers déchets qui traînent sur le sol. «En route vers un avenir propre et sain» n'est pas le slogan de notre école pour rien — slogan véhiculé, d'ailleurs, par l'une des plus affreuses mascottes de chien, ou c'est peut-être un loup, que j'ai vue de ma vie... mais on s'égare...

Avec une excitation palpable, nous quittons l'établissement par la porte principale. Quiconque nous croise en ce moment ne peut qu'être convaincu que nous avons fait quelque chose de condamnable ou que nous sommes sur le point de le faire. Nos démarches maladroites et nos demi-sourires ridicules parlent d'eux-mêmes. Nous sommes tous les cinq de très mauvais bluffeurs. Matt marche devant avec Emilia, qui devait avoir un cours de mathématiques cet après-midi, alors que moi, je reste derrière avec Sandrine et Ellie, qui s'abstiennent de discuter de peur d'avoir l'air trop suspectes. Mais, croyez-moi, c'est lorsque ces deux pies ne parlent pas que l'on peut craindre l'apocalypse.

Nous attendons à l'arrêt d'autobus le plus près de l'école (marcher jusqu'au suivant aurait été, semble-t-il, beaucoup trop simple), anxieux et fébriles. Nous craignons tous de croiser un professeur ou un membre du personnel qui nous demanderait ce que nous faisons à l'arrêt d'autobus dix minutes avant le début des cours. Si cela arrivait, je ne sais pas ce que je répondrais… En fait, j'hésite entre l'ironie (« Mon épicerie, voyons ! »), la pitié (« Nous n'avons jamais fait quelque chose du genre, ne nous condamnez pas ! ») ou la franchise (« Nous n'allons pas à nos cours cet après-midi, l'éducation physique est une perte de temps colossale et j'ai décidé de consacrer mon énergie à des activités plus béné-fiques pour mon intégration sociale »). Malheureusement, toute vérité n'est pas bonne à dire, alors j'opterais sans doute pour le sarcasme.

L'autobus approche et nous ouvre amicalement ses portes. Le chauffeur nous regarde avec des yeux complices qui semblent nous dire : « Vous ne devriez pas être ici à cette heure, mais, n'ayez crainte, je ne le dirai pas à vos parents », et nous nous glissons à l'arrière du véhicule. Étrangement heureux d'avoir enfreint si aisément les règles scolaires, nous nous dirigeons maintenant à cinquante kilomètres à l'heure vers le sud sans véritable destination.

— Je vais me faire tuer, dit finalement Ellie, encore troublée de s'être laissée convaincre si facilement.

— Ben voyons, elle va comprendre, ta mère. Elle a déjà été jeune, elle aussi, lui répond Matt, manifestement fier de passer l'après-midi avec quatre jeunes filles légèrement bonasses (il ne lui a quand même fallu que deux minutes pour nous persuader de contrevenir aux règles).

Ellie ne semble pas rassurée par les commentaires impersonnels du jeune homme. Sandrine intervient donc avec un poncif qu'elle veut réconfortant :

— Il faut profiter de sa jeunesse, faire de nouvelles expériences.

Alors que ces phrases toutes faites me dégoûtent et m'exaspèrent, elles semblent convaincre Ellie que sécher son cours d'éducation physique pour aller magasiner ou traîner dans un café en valait le coup, si c'est pour enrichir son bagage de vécu. J'ai personnellement d'importants doutes sur ce que peuvent nous apporter une promenade en autobus et une virée dans un endroit public un jeudi après-midi, mais je laisse la chance au coureur.

Emilia décide que nous sommes arrivés à destination lorsque nous pouvons apercevoir le centre commercial à travers les vitres légèrement givrées de l'autobus. Matt grimace un peu avant de lui emboîter le pas. Il ne sait pas encore ce qui l'attend, le pauvre ; magasiner avec quatre filles, c'est aux limites de la torture mentale pour un homme hétérosexuel. Dès que les filles ont franchi les grandes portes et entrent dans les magasins, elles oublient immédiatement leurs remords et fouillent comme des chercheurs d'or au *Far West* pour trouver la meilleure aubaine. Matt traîne chez Archambault, regrettant probablement son idée géniale d'encourager ses amies à quitter l'école plus tôt, pendant que Sandrine, Ellie et Emilia — suivies de moi, passablement dépitée — gambadent chez Simons et s'extasient exagérément devant la nouvelle collection, comme si c'était la plus belle chose qu'elles ont vue depuis la *Mona Lisa* de Da Vinci. Je reste à l'écart de peur d'attraper cette maladie qui rend les femmes obsessives et matérialistes. Je leur fais signe que je vais m'asseoir sur un banc à l'extérieur, mais elles sont tellement surexcitées et enthousiastes que mes efforts pour attirer leur attention sont complètement inutiles. Je pars donc reposer mes jambes sur un divan en face de l'entrée du magasin. À ce moment, je me sens comme une mère qui attend que ses enfants aient fini de jouer dans les glissades ou les jeux gonflables. Peut-être qu'en fait, les centres d'achat sont les jeux gonflables des adultes… (Mes métaphores sont de plus en plus douteuses.) Alors que j'observe silencieusement les quelques clients, majoritairement des personnes âgées, Matt vient s'installer près de moi avec un long et douloureux soupir.

— Tu n'es pas avec les autres ? me demande-t-il, intrigué de me voir seule sur ce sofa de cuir noir au centre de cette aire de repos chic.

— Je n'apprécie pas vraiment ce sport extrême qu'est le *shopping* entre filles, lui dis-je naturellement, mais il ne faut pas m'en vouloir, je n'ai jamais été une très grande sportive, terminé-je avec un sourire en coin.

— Je ne suis pas très sportif non plus, déclare-t-il sur le ton de la confidence. Je frappe dans un ballon parce que ça me permet d'être respecté par les autres, mais je préfère dessiner ou gratter ma guitare que courir sans relâche derrière une balle en mousse.

Je ne sais comment réagir à cette étonnante confession, alors, après un moment de silence, je lui réponds :

— Pourquoi tu me dis ça à moi ?

— Je ne sais pas. Tu inspires la confiance, il faut croire. Et puis, bon, je ne viens pas de te révéler que j'étais gai ou mourant, je t'ai seulement dit que je suis davantage un artiste qu'un sportif, ajoute-t-il en riant. Mais il faut avouer que je n'en aurais pas parlé aussi ouvertement aux deux inséparables.

— Les deux inséparables ?

— Sandrine et Ellie, ces deux petites jacasses qui te servent d'amies. Des plans pour qu'elles révèlent ma couverture, dit Matt, moqueur.

Comme si elles avaient entendu les commentaires désobligeants du garçon, mes trois copines, nouvellement rebelles, nous rejoignent avec des paquets à la main.

— Et c'est comme ça qu'on dépense son allocation hebdomadaire, annonce Ellie, vraisemblablement fière d'avoir claqué son argent aussi rapidement.

— Moi, je n'ai rien trouvé, précise Sandrine. Je suis une baleine, rien ne me fait.

— Bon, on arrête immédiatement les geignements inutiles et insensés, ordonné-je.

Je n'ai aucune envie de supporter les pesantes complaintes de fillettes au poids santé droguées contre leur gré par des publicités mensongères montrant des mannequins anorexiques « photoshopés » à l'excès.

— On fait quoi maintenant que vous avez gaspillé toutes vos économies en quinze minutes et ruiné votre confiance en vous ?

Alors que j'entrevois un sourire discret sur le visage de Matt, qui pense probablement la même chose que moi sans oser le dire, Emilia tente de mettre un terme à mon cynisme :

— Toute vérité n'est pas toujours bonne à dire, Maude. Si tu pouvais penser parfois avant de t'exprimer avec tant d'éloquence, ça éviterait bien des désagréments.

Le ton de son discours me révèle que je ne suis qu'à quelques mots de la dispute. Je décide donc, bonne joueuse, de jeter la serviette avant le combat final.

— Désolée, dis-je, soumise.

J'ai pensé mettre la faute sur le premier du mois — qui a inévitablement quelque chose à voir avec cette situation insensée dans laquelle je me trouve —, mais on m'aurait reproché d'utiliser à outrance cette excuse bidon. Je ne suis qu'une incomprise dans cette société de sceptiques.

Matt, bien heureux que l'escapade au centre commercial soit de si courte durée, propose que l'on se rende dans un petit café du quartier qu'il nous décrit comme moderne et branché, ce qui évidemment éveille les fibres *in* de mes amies.

Nous parcourons à pied la courte distance qui nous sépare de l'établissement en question. Le nordet frappe notre visage, et les automobilistes inconscients lancent de la boue sur nos manteaux d'hiver triple épaisseur (que j'aime le Québec et sa température clémente en toute saison!). J'envisage à ce moment de quitter mon pays pour partir vivre à Hawaii ou en Californie, quelque part où 30° sous zéro n'est qu'un mythe et où le foulard n'est qu'un accessoire de mode.

Mais quand enfin j'entre dans le café et que je déguste mon chocolat chaud extra guimauves, je réalise que le froid entraîne au moins certains plaisirs culinaires inégalés. Jamais une boisson chaude n'est plus réconfortante et efficace que lorsque le corps vient de subir les aléas de l'hiver. Après avoir pris la première gorgée de ce remède miracle contre l'hypothermie (bien meilleur que la liqueur aux fraises, d'ailleurs), je me permets de regarder l'endroit plus attentivement. Des lumières multicolores, et même stroboscopiques, éclairent une première partie plus tape-à-l'œil. Des écrans plasma sur lesquels jouent des vidéo-clips des vedettes musicales de l'heure sont répartis dans des angles différents, ce qui donne un aspect psychédélique au lieu. Des banquettes de toutes les formes recouvertes d'un tissu rugueux imitation zèbre sont dispersées stratégiquement dans la pièce. Le serveur — après avoir longuement examiné nos visages d'écoliers indisciplinés — nous a assigné une table ronde entourée d'une immense banquette et surplombée par un lustre noir aux allures de chandelier moyenâgeux. Plusieurs cégépiens et universitaires sont installés aux quatre coins du café avec leurs ordinateurs portables. Quelques-uns rigolent et bavardent bruyamment, mais la plupart sont calmes et concentrés. Sandrine, déjà remise de sa crise de neurasthénie à propos de son poids, propose un toast à notre escapade impromptue et à notre exemption bienvenue d'un pénible cours d'éducation physique. Nous levons tous notre tasse et trinquons à notre insubordination.

— De toute façon, depuis que Maude a brisé notre fantasme envers le stagiaire, nous n'avons plus aucune raison valable de nous présenter au cours d'éducation physique, précise Ellie alors que nos tasses se cognent.

— Bon, quelle illusion as-tu encore brisée avec tes réflexions ? demande Emilia qui sait mieux que quiconque comme je peux être tranchante lorsqu'il est question d'obsessions d'adolescentes.

J'explique donc à ma meilleure amie et à son futur chevalier servant comment j'ai déconcerté Ellie et Sandrine en leur faisant réaliser que la peau du beau stagiaire est d'une étrange couleur, presque jaune. Emilia affiche une expression de découragement en entendant cette histoire, comme si j'avais annoncé sans délicatesse à des enfants de quatre ans que le père Noël n'existe pas et que ce sont les parents qui mettent les présents sous le sapin la nuit du 25 décembre.

— Et il est beau, votre stagiaire? enchaîne-t-elle, comme pour compenser mes erreurs passées.

Les deux pies se lancent alors dans des louanges — absolument injustifiées — sur son corps, ses vêtements, sa classe, etc. À ce moment, je décide d'éteindre la partie de mon cerveau responsable de l'ouïe; leurs voix ne deviennent plus que des échos lointains et indéchiffrables. En observant le visage vide de Matt, qui est assis à côté de moi, je comprends qu'il possède, lui aussi, cette faculté particulière. Lorsque son regard croise le mien, je lève les yeux vers le plafond pour exprimer mon ennui. Il me répond en imitant un fusil sur sa tempe qui fait exploser son cerveau en mille miettes. J'ai peut-être mal jugé le jeune homme: il est beaucoup plus amusant que je ne l'aurais cru.

— Tu vois ce que j'endure tous les jours, lui chuchoté-je discrètement.

— Tu es une sainte… Tu as maintenant tout mon respect, me répond-il en mettant sa main près de son visage comme s'il me disait un secret.

— Ton respect est donc facile à gagner, à ce que je vois, riposté-je à brûle-pourpoint.

— Au contraire, peu de gens réussissent à l'obtenir. Ma mère l'a perdu le jour où elle m'a demandé si Google venait avec Windows.

Je secoue la tête en signe de découragement et me mets à rire discrètement, mais pas assez, de toute évidence, puisque j'attire l'attention d'Emilia. Ne semblant pas enchantée de me voir m'amuser avec son prétendant, elle décide de nous inclure de nouveau dans la conversation.

— En tout cas, moi, je suis super contente de ne pas faire des multiplications présentement.

— Je suis également assez heureux d'avoir évité mon cours de français aujourd'hui, répond Matt. Rostand, c'était peut-être drôle au 17e siècle, mais aujourd'hui c'est ennuyant et, avouons-le, assez pathétique. Est-ce qu'on peut en revenir qu'il a un grand nez, Cyrano, ou on est vraiment obligé d'en faire une tirade?

Vraisemblablement, aucun d'entre nous n'a vraiment réfléchi à la pertinence des écrits d'Edmond Rostand; ils font partie du programme du ministère, nous devons les étudier pour obtenir notre diplôme, alors nous le faisons sans broncher, sans nous poser de question. Mais entendre Matt critiquer ainsi les œuvres de l'un des plus grands dramaturges de l'histoire de la littérature française était inattendu et très distrayant. Sous nos ricanements généreux, Matt poursuit :

— Et là, je ne vous parle pas de Rousseau et ses obsessions déroutantes pour les choses de la nature, enchaîne-t-il, comme porté par une rage qui l'habite depuis (apparemment) bien longtemps. Et Racine, avec ses tragédies en alexandrins incompréhensibles, il n'est pas mieux que les autres…

— Est-ce qu'on est vraiment en train de discuter de littérature française ? lance Sandrine, réalisant tout à coup que ce n'est pas ainsi qu'elle conçoit un après-midi de *loafage*.

— Effectivement, manquer les cours pour parler de matière scolaire, c'est plus qu'être *loser*, c'est idiot, confirme Ellie.

— Ok, alors si le sujet de conversation n'est pas assez excitant pour vous, mesdemoiselles, qu'est-ce que vous vous imaginiez faire durant ces heures de liberté ? demandé-je. Et je vous avertis, je n'irai pas voler des vêtements dans un grand magasin ou faire des graffitis sur l'hôtel de ville pour stimuler momentanément votre adrénaline d'adolescentes en mal de sensations fortes.

— Calme-toi, ma tante Maude, les jeunes ne te feront pas honte cette fois-ci, me répond alors Ellie, presque hautaine.

Est-ce vraiment ainsi qu'elles me voient, comme un parent, un adulte rabat-joie ? Ellie ne me laisse pas le temps de répliquer à cette insulte déguisée et continue :

— Sérieusement, qu'est-ce que vous avez fait de plus fou dans votre vie jusqu'à maintenant ?

— Bon, une discussion intéressante ! s'exclame Sandrine en se frottant les mains comme si elle mijotait un plan machiavélique. Je commence, s'empresse-t-elle d'ajouter. C'était l'été dernier, j'étais avec mon ex et nous avons défoncé l'ouverture d'un labyrinthe en bois, en banlieue, à une heure d'ici environ. Nous nous sommes pourchassés dans les détours pour finalement nous peloter au centre du labyrinthe sous le clair de lune.

Que de classe, d'élégance et de poésie dans ce court récit ! Mes amies sont effectivement loin des alexandrins de Racine et des essais philosophiques de Voltaire… Comme si ce n'était pas suffisant, Ellie enchaîne avec son histoire :

— Je tiens à vous avertir d'emblée, je n'étais pas vraiment consciente de l'ampleur du geste que j'ai indirectement fait, et je n'en suis pas vraiment fière non plus, précise-t-elle.

Sa voix a soudainement changé de timbre. Nous nous regardons tous, presque craintifs.

— C'était la première fois que je travaillais comme assistante-monitrice au camp Saint-Constant. Un soir, alors qu'une autre assistante-monitrice que nous trouvions bizarre…

C'est toujours comme ça que les gens populaires décrivent les rejets.

— … prenait une douche dans un bâtiment séparé des dortoirs, nous avons volé ses vêtements et ne lui avons laissé qu'une débarbouillette pour se cacher des regards dans la nuit. Lorsqu'elle est revenue, furieuse, et qu'elle s'est mise à cogner contre la porte du dortoir, nous avons décidé de la laisser s'épuiser et de ne lui ouvrir que le lendemain matin. Quand le soleil s'est finalement levé le jour suivant, nous l'avons retrouvée, nue, sur le sol, du sang partout autour d'elle et sur elle. Elle avait essayé de s'ouvrir les veines.

Nous écoutons l'histoire d'Ellie avec respect. Ses mots sont graves, et une grande douleur s'en dégage.

— Elle ne bougeait plus. Nous avons vérifié si elle respirait encore, heureusement c'était le cas, et nous avons immédiatement appelé l'ambulance. Elle a quitté l'endroit sur une civière. Nous avons tous, évidemment, été renvoyés du camp pour toujours. On nous a également forcés à rencontrer des psychologues, et j'ai eu droit au sermon le plus long et le plus pénible de l'histoire de l'humanité. Mais je le méritais. Ce n'était pas moi qui avais eu cette idée, mais j'avais à peine protesté lorsque la « responsable » avait catégoriquement affirmé que nous ne devions pas la laisser entrer avant les premières lueurs du jour. Que c'était un genre d'initiation spéciale et qu'elle devait traverser cette épreuve pour faire partie du groupe.

Je sais que les adolescents peuvent être mesquins, impardonnables parfois, mais je suis néanmoins choquée d'entendre ce genre de chose. Je crois qu'Ellie avait besoin de nous raconter cette histoire, comme pour se délivrer du fardeau qu'elle porte probablement depuis cet événement. Emilia fixe, bouleversée, sa copine qui semble se demander si elle a bien fait de nous relater cette aventure humiliante.

— Mes parents n'ont jamais voulu que j'aille dans un camp d'été… Je crois que je viens de comprendre pourquoi, déclare finalement Emilia.

Après un moment de silence et de petits rires gênés, Ellie poursuit :

— Je peux au moins dire que j'ai été renvoyée d'un camp d'été.

Quel accomplissement étonnant ! Sortez les flûtes et les tambours !

Ellie trace alors un crochet dans l'air, comme pour indiquer que cette tâche est accomplie. Son geste amène Emilia à poser une question :

— Avez-vous une *bucket list* ?

— Une quoi ? fait Matt.

— Une *bucket list*, une liste des choses que tu veux accomplir avant de mourir, explique-t-elle.

— Ah, je savais pas que ça portait ce nom-là, dit Matt. Moi, j'en ai une. Je l'ai commencée au mois de mai l'an dernier quand j'ai su que ma cousine avait le cancer, au moment où j'ai compris que la vie est courte.

Nous nous taisons toutes, troublées par cette révélation.

— Hé, ne faites pas cette tête-là, elle va bien maintenant, la chimio est terminée et elle n'a plus de traces de la maladie, mais ça porte à réfléchir, ce genre de nouvelles.

Matt a vraiment la *touch* pour changer l'orientation d'une conversation, parce que nous sommes maintenant très sages et pendues respectueusement à ses lèvres. Plus personne ne pense à la monitrice persécutée.

— J'ai écrit des choses comme sauter en parachute, faire du *skate* à Santa Barbara, monter au sommet de la tour Eiffel, flotter sur la mer Morte, visiter une usine de Caramilk pour démystifier le secret une bonne fois pour toutes, ce genre de trucs, continue Matt.

— Moi, je voudrais frencher Claude Legault, lance Ellie.

— Tu es fatigante avec ça, toi, il pourrait être ton grand-père, lui répond Sandrine, visiblement habituée à entendre son amie exposer ses fantasmes pour la *star* québécoise.

— Bon, n'exagère pas… Et de toute façon, il est intemporel. Claude Legault dans *Minuit, le soir* va rester à jamais l'une des choses les plus sexy qui existent sur cette planète, tu devras t'y faire.

Les deux filles se regardent comme si elles étaient prêtes à s'engager dans un combat pour leurs convictions profondes. Je les rappelle à l'ordre avant que les hostilités ne commencent.

— Il est presque 16 h, je dois rentrer chez moi, j'ai l'honneur et le privilège de rencontrer mon beau-frère ce soir.

— Ouais, moi aussi, je vais y aller. Je ne veux pas faire enrager ma mère davantage qu'elle le sera quand elle va apprendre que je ne suis pas allée à mon cours de l'après-midi, dit Ellie.

Nous quittons donc le café qui se remplit peu à peu d'étudiants ayant terminé leur journée de cours. Dans l'autobus, je ne peux chasser de mon esprit l'histoire traumatisante qu'Ellie nous a racontée. J'essaie de me changer les idées de toutes sortes de façons : j'écoute de la musique, lis mes notes de cours, dessine, mais rien n'y fait ; je ne peux simplement pas accepter que les adolescents puissent être aussi méchants. Voler les bobettes d'un moniteur, ça peut être drôle, mais laisser une adolescente complètement nue à la lueur de la pleine lune avec pour seul moyen de défense un gant éponge et des cris hystériques, c'est carrément pervers. Le souper avec le soupirant d'Ariel ne m'apparaît plus comme une épreuve si pénible finalement ; il parviendra probablement à éloigner ces images qui me hantent et m'indignent.

Arrivée en face de chez moi, je vois une Audi A4 rouge équipée de jupes, *mags* et tous les accessoires qui constituent la voiture typique du *douchebag* ; ça commence très mal. Et les choses dégénèrent à une vitesse démesurée lorsque je pousse la porte d'entrée. J'aurais dû m'en douter, le premier du mois ne pouvait être aussi facile à traverser ; je croyais avoir réussi à éviter la plupart de ses écueils au cours de la journée, mais il m'attendait sournoisement au détour. Le nouveau copain de ma sœur est, en plus d'être prétentieux, le stagiaire en éducation physique. Ce type que j'exècre et dont je viens tout juste de *loafer* le cours.

La vie est injuste et rancunière. Tenez-vous-le pour dit.

Chapitre 16

La robe blanche de la grenouille

Je suis figée là, muette, à observer cet homme abominable que je déteste sans rien éprouver d'autre qu'une rancune profonde pour Matt et ses brillantes idées. J'envisage déjà le souper désagréable qui m'attend alors que mes sœurs s'esclafferont en apprenant que j'ai fait l'école buissonnière, ce que ne manquera pas de leur révéler celui qui aurait dû me donner le cours de l'après-midi. Une situation pathétique en plus d'être humiliante.

Vraisemblablement, mes proches ont compris que nous nous connaissons. Mes yeux hors de leur orbite et mon souffle coupé sont des signes qui ne mentent pas.

— Tu es Italien, toi?

Ce sont les premiers mots que mon cerveau, encore troublé, décide de transmettre à ma bouche.

— Vous vous connaissez? demande naïvement Ariel.

— Ma mère est Italienne, mon père est Québécois, répond Maxime, qui porte une chemise Tommy Hilfiger bleu pâle et des jeans *stretch* Buffalo.

— C'est le stagiaire de mon prof d'éduc, expliqué-je.

— Ah, c'est drôle, le monde est petit, dit ma mère, encore inconsciente de la haine que je voue à ce fanfaron à la couleur de peau douteuse.

— Très drôle, murmuré-je avec ironie pour moi-même, alors que je rejoins la place que l'on m'a assignée à la table.

Le stagiaire m'observe avec une malice grandissante en s'asseyant en face de moi. Il bénéficie d'une longueur d'avance : il détient une information qui pourrait me mettre dans l'embarras devant ma famille et, apparemment — si je me fie à son demi-sourire fendant —, il est bien décidé à l'utiliser contre moi, pour me faire chanter ou m'humilier ; je ne suis pas encore certaine de ses intentions.

— En tout cas, Maxime, je suis bien contente qu'Ariel ait enfin décidé qu'il était temps que nous nous rencontrions, lance ma mère en sortant la dinde du four.

— Je suis aussi très heureux de faire votre connaissance, madame L'Espérance, répond poliment Maxime (lèche-cul) en direction de la cuisine où Ariel prête main-forte à ma mère.

— Tu peux m'appeler Sylvie, le « madame » et le « vous » ne sont pas des mots acceptés dans cette maison, indique ma mère pour aider notre invité à se détendre.

— Parfait, j'en prends note, répond Maxime.

Jasmine et Belle s'assoient tandis que ma mère dépose la volaille au centre de la table et qu'Ariel apporte les différents condiments. Jasmine commence alors l'interrogatoire usuel : « D'où tu viens ? » « En quoi tu étudies ? » « As-tu des frères et sœurs ? » « Tes parents sont-ils toujours ensemble ? » Puis elle passe aux questions plus personnelles comme : « Veux-tu des enfants ? » « Quels sont tes projets d'avenir ? » « Combien as-tu d'amis sur Facebook ? »

— Ok, l'interview est terminé, Jasmine. Je crois que tu as suffisamment effrayé notre invité pour aujourd'hui, intervient ma mère après plusieurs minutes d'acharnement de la part de la princesse arabe.

— Non, aucun problème, ça ne me dérange pas, objecte immédiatement Maxime dans l'espoir de gagner la sympathie de sa future belle-sœur.

Quelle belle naïveté !

— Évidemment, il aime tellement ça, parler de lui, marmonné-je en mâchant ma bouchée de dinde pour apaiser un peu mon exaspération.

Seule la sirène, qui se trouve à ma droite, entend mon insulte et n'apprécie guère la manière dont je traite son amant. Elle me donne un coup de coude et me décoche un regard meurtrier. Et comme si ce n'était pas suffisant, elle demande à son amoureux :

— Max, est-ce que Maude est une bonne élève ?

La vipère. J'ignore si elle est au courant de mon absence au cours de l'après-midi ou si elle sent l'antipathie viscérale que j'ai pour son nouveau *prospect*, mais je ne suis guère pressée d'entendre la réponse à cette pernicieuse question.

— Elle est… différente, lâche le jeune homme.

Ma famille rigole — évidemment — en entendant le verdict. Ce n'est pas une conclusion très insultante ; même ma petite cousine de trois ans sait pertinemment que je ne suis pas comme les autres jeunes de mon âge. C'est presque inscrit sur mon visage. Ma mère, peut-être pour faciliter l'intégration du nouveau copain d'Ariel dans la famille, ou encore pour me punir pour une quelconque faute que j'aurais commise, décide de ressasser de vieux souvenirs de notre enfance. Mais plutôt que de raconter des anec-dotes mettant en scène Ariel — la vedette de ce souper —, elle s'acharne sans vergogne et sans pudeur sur sa benjamine.

— Différente, ça, tu peux le dire, commence-t-elle. Au début de son primaire, les professeurs étaient subjugués par cette enfant. Je ne sais pas si c'est parce que son père nous a quittées très tôt et que je l'ai négligée dans les moments importants qu'elle a acquis une grande maturité aussi rapidement, mais elle était parfois franchement déroutante. Par exemple, lorsque je recevais des amies de fille à souper et que, par mégarde, elles entamaient des conversations plus salaces ou sacraient à outrance, Maude me réprimandait en me disant qu'une enfant de son âge ne devrait pas entendre des choses pareilles et que j'étais une mère irresponsable. Mon enfant de sept ans faisait mon éducation !

— Je me souviens aussi quand elle nous disait que nous ne mangions pas des repas très équilibrés et qu'elle devait bien se nourrir parce qu'elle était en pleine croissance, renchérit Jasmine.

— Et quand, à huit ou neuf ans, elle a décidé que, pour son développement, il était préférable qu'elle ne fréquente plus la petite Boutin qui volait les tuques et les foulards des élèves de maternelle, ajoute Ariel.

Bon, je décide enfin d'intervenir :

— Je ne savais pas à l'époque qu'elle le faisait pour des Snack Pack et des Fruit-O-Long que lui donnaient les grands de sixième, mais je me doutais qu'elle faisait des affaires douteuses et je n'avais pas envie d'être une bum comme Belle.

Je tente judicieusement d'orienter la conversation vers une autre cible.

— Oh oui, ça, je sais. Tu m'as assez dit que je n'étais pas une bonne influence, réplique la Bête, mais maintenant tu te tiens avec Emilia. Il faut croire que tu ne choisis plus tes amis en fonction de leur bonne ou de leur mauvaise influence, ni de leur caractère de salope…

— Heille, pour qui tu te prends, Belle L'Espérance? répliqué-je à brûle-pourpoint. Emilia est une très bonne amie, elle m'aide au contraire à être une meilleure personne, j'irais même jusqu'à dire: une personne plus normale, et comme ça semble tellement important pour vous de ne pas vous différencier du lot, je lève mon verre à ma meilleure amie qui travaille à améliorer la personne inassimilable que je suis.

Mon discours survolté semble avoir eu des effets prodigieux, puisqu'un lourd silence s'installe soudain. Ma mère tente alors d'intervenir avant qu'une guerre se déclenche entre ses filles.

— Ce n'était pas très gentil, Belle, excuse-toi tout de suite.

J'entends un «je m'excuse» insignifiant qui sort, entre deux bouchées de patate, de la bouche hypocrite de ma sœur.

— Maude a peut-être été mûre très jeune, mais ça n'a pas été le cas de toutes mes filles. Certaines en sont encore à l'apprentissage des bonnes manières à vingt-trois ans, ajoute ma mère en s'adressant à notre invité.

Tous s'esclaffent une nouvelle fois, sauf Belle qui rumine le — supposé — favoritisme dont ma mère fait preuve à mon endroit.

— Assez parlé de nous, continue cette dernière en se tournant vers Narcisse (vous savez, celui qui aimait tellement sa propre image qu'il s'est noyé dans l'eau d'un étang en tentant de s'admirer de plus près? Ce nom va à merveille à mon prof/beau-frère). Comment vous êtes-vous connus?

Ariel regarde son compagnon du coin de l'œil, comme gênée de raconter leur rencontre. C'est là qu'elle va devoir avouer qu'il est le responsable de la peine d'amour inconsolable qui l'a transformée en larve antipathique et nous a obligées à nous métamorphoser en psychologues et en aidantes naturelles (le mot n'est pas trop fort, Ariel est une peste, même lorsqu'elle est défaite… surtout lorsqu'elle est défaite).

— Ouin, par où commencer? Eh bien, je vous présente l'Italien, nous annonce-t-elle en montrant son chum du doigt.

Comme nous ne connaissions pas son nom à l'époque de leur rupture, et que vers la fin elle l'appelait le plus souvent le « mange-marde » et le « trou de cul », nous l'avions instinctivement surnommé l'Italien, puisque c'était la seule information que nous possédions sur lui. Belle et Jasmine comprennent donc sans plus de précisions de qui il s'agit. Elles hésitent visiblement entre sermonner Ariel et injurier Maxime. La sirène enchaîne avant de se faire mitrailler de reproches :

— Je sais ce que vous pensez : « Elle veut se venger et elle est naïve, elle se fera briser le cœur à nouveau. » Mais vous avez tort. Je ne peux pas affirmer que l'idée de vengeance ne m'a jamais effleuré l'esprit. Moi et Max, c'est davantage qu'une simple histoire de vengeance envers Maggie, on s'aime pour vrai.

Elle attrape alors la main de son amoureux sous la table pour chercher son appui. Ma mère, comme pour calmer l'emportement de ses filles, décide d'ignorer les yeux méchants de ses cadettes et de continuer sur sa lancée :

— Comment vous êtes-vous re-rencontrés alors ?

— En fait, c'est plutôt simple, amorce ma sœur, heureuse d'éviter la fougue de deux princesses enragées. Il est venu me voir au Slash…

Le nom de la discothèque où elle travaille comme *shooter girl* ou barmaid ou gérante, selon son humeur et la personne à qui elle parle de son emploi.

— Et il m'a invitée à venir boire un verre à son appart en finissant mon quart de travail. Ça faisait vraiment longtemps que je ne l'avais pas vu et il me faisait encore de l'effet, alors j'ai accepté, probablement en me disant que je pourrais éventuellement me venger. C'est là qu'il m'a expliqué que Maggie l'avait manipulé, qu'elle s'était servie de lui (pauvre animal blessé dont on dispose sans vergogne, il me chagrine) et qu'ils s'étaient laissés à peine quelques semaines après le début de leur relation. Il pensait toujours à moi, mais n'avait pas eu le courage de m'affronter avant.

Tous autour de la table écoutent religieusement. Ariel s'arrête un instant pour prendre une lampée de vin rouge.

— Nous avons discuté pendant des heures cette nuit-là, poursuit-elle.

— Discuté? Ben oui, on est des dindes, nous autres, réplique sévèrement Belle, mettant en doute la chasteté des rapports qu'Ariel a entretenus avec ce personnage qui, à mon grand bonheur, ne fait pas l'unanimité.

— Tu ris, Belle, mais je me suis surprise ce soir-là. Je suis même rentrée coucher à la maison, même s'il m'offrait en parfait gentleman (elle regarde alors son partenaire avec des yeux coquins qui m'exaspèrent) de dormir sur le sofa. Nous avons discuté de plein de choses : comment la vie nous échappe parfois, comment il est difficile de s'engager dans une voie professionnelle et de la suivre, et comment parvenir à trouver l'âme sœur est une tâche ardue et laborieuse, mais surtout *overrated*.

Ariel a l'air apaisée, heureuse comme jamais je ne l'ai vue depuis bien longtemps. Peut-être qu'elle a vraiment trouvé en ce semi-mannequin narcissique un égal, une oreille qui la comprend. Je le lui souhaite, et si ça me permettait de ne plus tomber face à face le samedi matin avec l'un de ses amants au cerveau de crevette — mais au corps d'adonis ; il faut bien que le gigolo ait quelque chose pour lui —, je ne me plaindrai pas.

Mon cellulaire vibre alors que je m'étire pour prendre un morceau de pain dans le panier d'osier devant moi. En déverrouillant discrètement l'appareil (je ne veux pas causer la panique en utilisant un objet électronique à table, crime que ma mère pardonne rarement), je vois le nom de Simon Bazin accompagné de ce texto : « *Petite délinquante !* » Visiblement, il vient de parler à Matt, qui doit se vanter d'avoir convaincu Maude L'Espérance de *loafer* les cours, sans avoir à utiliser ni narcotique ni GHB. Je souris à la lecture de ces mots et Ariel le remarque, à mon grand désarroi.

— Qui t'écrit, Maude ? me demande-t-elle d'un air fripouille.

— Ce n'est pas de tes affaires.

Je lui réponds plus durement que je ne l'aurais voulu.

— Oh, la petite Maude aurait-elle un chum ? avance le crétin qui partage ce soir notre table.

— Toi, monsieur Univers, on t'a pas sonné ! lancé-je avec de plus en plus de colère dans la voix.

Il me regarde alors, l'air de dire : « Si tu ne veux pas que je dévoile ton secret, sois gentille avec ton nouveau beau-frère. » Je l'entends même ajouter un « petite peste » à la fin de sa menace silencieuse. C'est fou comment un regard peut être éloquent. Je prends une grande respiration, question de calmer mon envie de lui enfoncer ma fourchette dans la jugulaire, et bredouille un « je m'excuse » avant de relever la tête pour formuler une défense plus complète..

— Je ne suis peut-être pas vraiment moi-même ces jours-ci, c'est vrai, je suis désolée d'être aussi directe et méfiante. C'était seulement Simon, ajouté-je, alors que personne n'avait posé d'autre question.

— Pas encore lui, Maude ! répond Jasmine, qui se rappelle très bien de m'avoir ramassée à la petite cuillère la première fois que le roi de la jungle a brisé mon cœur naïf. Ariel et toi, vous êtes-vous donné le mot ?

— Ce n'est pas la même chose maintenant, dis-je avec la même intonation qu'une femme battue qui excuse son mari pour les blessures qu'il lui inflige.

Bien consciente de la faiblesse de mes arguments, j'ajoute :

— De toute façon, je ne crois pas que ce soit la bonne place pour parler de ça. Si quelqu'un envisageait de changer de sujet, je crois que ce serait le moment idéal.

Alors que ma proposition n'était que symbolique, Ariel utilise la porte que je lui ai si galamment ouverte pour prendre la parole :

— Eh bien, j'aurais quelque chose à vous annoncer, moi, si personne n'y voit d'inconvénient.

Elle est visiblement nerveuse, sa voix est tremblotante et elle tente de cacher la moiteur de ses mains en les frottant discrètement sur ses cuisses. Un silence de mort envahit soudainement la pièce. Ariel n'est jamais aussi courtoise dans sa manière de s'adresser à nous, sa famille. Nous craignons toutes le pire. J'imagine ma sœur enceinte ou atteinte d'un cancer généralisé (sérieusement, j'ignore laquelle de ces deux options serait la pire). Et j'entrevois des scénarios similaires dans le regard curieux mais craintif de mes alliées L'Espérance. Les quelques secondes qu'Ariel met à cogiter ce qu'elle a à nous apprendre me paraissent une éternité.

— Je vais me marier ! annonce-t-elle finalement en nous présentant l'objet scintillant qu'elle arbore à l'annulaire.

Le silence retombe aussitôt dans la salle à manger. Nous hésitons toutes entre des félicitations et des remarques désobligeantes. « Ma sœur est devenue complètement folle » est la première réflexion qui me traverse l'esprit. Celle qui suit est encore plus troublante : « J'en ai pas terminé avec l'imbécile qui observe son reflet dans l'eau au risque de s'y noyer. »

— Wow, je suis vraiment contente pour toi, ma grande ! déclare enfin ma mère après avoir accusé le choc.

Elle se lève et serre sa fille bien-aimée dans ses bras. Jasmine imite le geste de notre génitrice et étreint notre sœur, que l'on soupçonne maintenant d'être psycho-maniaque. Belle et moi restons immobiles, encore écrasées par la nouvelle. Ariel ne semble pas nous en tenir rigueur ; elle se rassoit et explique la raison de ce changement de vie monumental.

— Je sais que ça peut vous sembler insensé… C'est le moins qu'on puisse dire !

— … mais lorsque vous trouverez l'homme de votre vie, je suis convaincue que vous comprendrez ma décision hâtive. Il y a deux ans, je savais que c'était le bon, il m'a seulement échappé.

— Comment tu sais que c'est lui, l'homme de ta vie ? demande alors Belle en montrant du doigt ce type aux traits parfaits, mais à l'aura malsaine.

— Je le sais, c'est tout. Je n'ai jamais rencontré quelqu'un qui me comprenne aussi bien que Maxime. Ne pensez pas que c'est une décision irréfléchie. J'ai envie de mordre dans la vie comme jamais. Il me donne la force de persévérer, d'avancer.

Elle gesticule à outrance, certainement pour évacuer le stress.

— Je sais que vous ne me connaissez pas, intervient son amant, à l'exception de Maude bien sûr, ajoute-t-il en se tournant vers moi.

Une chance pour lui que je n'ai pas la faculté de lancer des flèches avec mes yeux.

— Mais j'aime Ariel et je saurai la protéger et la chérir à chaque moment, pour le reste de mon existence.

Il semble réciter une réplique d'un mauvais *soap* américain. Je ne crois aucunement à ses boniments. Narcisse ne sera jamais Roméo ; c'est un non-sens, une utopie — en laquelle, étrangement, ma sœur semble croire.

Mon assiette est à peine entamée, mais je n'ai plus faim. Je n'ai pas uniquement appris que mon aînée sortait avec le stagiaire de mon prof d'éduc ce soir, mais qu'elle va l'épouser et qu'elle est persuadée qu'il est l'homme de sa vie, son prince charmant. Fort probablement le pire premier du mois de toute ma vie… Le destin me réserve des surprises que je n'aurais jamais osé imaginer, même dans mes pires cauchemars.

Le reste du repas est assez tendu. Jasmine et Belle bombardent le jeune homme de questions sur sa famille, son enfance, ses passe-temps, ses ambitions et ses rêves. La conclusion reste assez évidente : un petit garçon athlétique qui vient d'une riche famille de fonctionnaires et d'entrepreneurs italo-québécois et qui a pu jouir d'une enfance et d'une adolescence heureuses. Il n'a eu que deux copines sérieuses au cours de sa courte vie ; l'une au secondaire (sans doute la capitaine des *cheerleaders*) et une autre au cégep qui l'a, supposément, quitté pour un joueur de hockey de la ligue junior majeur (ouch, ça doit faire mal à l'orgueil !). Son frère aîné a fait des études en droit, mais est finalement devenu guide touristique après un voyage en Chine qui a, semble-t-il, changé sa vie. Même si ses parents sont des professionnels — sa mère est pharmacienne et son père, président-directeur général d'une imprimerie industrielle —, ils acceptent avec beaucoup d'ouverture le fait que leurs fils aient choisi des métiers plus marginaux, moins prestigieux et lucratifs. Maxime parle de ses parents, qui se sont, eux aussi, mariés peu de temps après leur rencontre, avec beaucoup de respect et d'admiration, une chose qui m'étonne venant d'un « autolâtre » tel que lui. Il a quitté le cocon familial il y a à peine un an pour aller vivre dans un des nombreux blocs à appartements que possède son grand-père — que l'on soupçonne toutes secrètement de faire partie de la mafia : il est riche, il est Italien, il fait partie de la mafia, pas plus de réflexion que ça. La Bête se permet de demander à Maxime s'il envisage de quitter un jour le giron de sa famille. Après un grondement désapprobateur de ma mère, il répond qu'il profite de ce qui lui a été offert avec beaucoup de gratitude et n'hésitera pas à s'assumer financièrement lorsque le moment sera venu. Le regard amoureux d'Ariel sur son prince charmant est pour le moins déconcertant ; elle boit ses paroles — qui n'ont pourtant rien de poétique ni même d'intelligent — comme si elles étaient sacrées. Celle qui descendra bientôt l'allée pour épouser son homme idéal paraît si fière et satisfaite de son choix que personne n'ose la contrarier, mais nous nous demandons toutes intérieurement combien de temps il faudra avant que l'on récupère notre chère sirène, détruite une fois de plus par l'amour et les illusions.

Au moment du dessert — un millefeuille avec coulis de framboises absolument décadent, que je soupçonne d'être une diversion calculée —, ma mère nous expose ses prochains projets internationaux, un de ces voyages d'affaires qu'elle se permet de faire maintenant parce que, et je cite : « … mes filles sont rendues grandes et n'ont plus besoin de moi. » (Mère naïve ou indigne, vous décidez ; aujourd'hui, moi, je choisis d'opter pour le simple désintérêt.) Sa nouvelle expédition aura lieu en Afrique, plus précisément au Congo où elle accompagnera une équipe de bénévoles catholiques. Elle distribuera des condoms aux femmes et visitera les jeunes dans les écoles pour parler de respect mutuel, de confiance en soi, de relations interpersonnelles. Mais pourquoi parle-t-elle de tout ça maintenant, pourquoi ne pas attendre que nous soyons en famille ? Même s'il a décidé de se marier avec ma sœur, ça ne signifie pas que Maxime a déjà le droit de s'immiscer si intimement dans notre quotidien, dans des discussions privées qui ne devraient concerner que nous cinq. Peut-être ma mère a-t-elle pensé que j'allais déplorer son départ, mais qu'en présence d'un invité, sa petite Maude se tiendrait. Elle avait tort.

— C'était pas suffisant qu'Ariel nous annonce qu'elle va épouser mon égocentrique de prof d'éduc, il fallait que tu voles la vedette en clamant haut et fort que tu abandonnes encore une fois ton adolescente non désirée pour aller te pavaner devant les plus démunis et montrer à quel point tu es une femme ouverte d'esprit et magnanime ! lancé-je à ma mère, déboussolée par mon arrogance.

Je m'excuse auprès des autres, me lève, quitte la salle à manger, décroche mon manteau de la patère dans l'entrée et sors de la maison, aussi triste qu'enragée par les différentes révélations de la soirée.

Chapitre 17

Mario Bros à la rescousse

Je marche près d'une demi-heure dans les rues de mon quartier. Des larmes coulent sur mes joues, mais mon visage reste impassible. Bientôt, je sens l'eau se cristalliser sur mes pommettes comme un masque, un masque qui cache une jeune fille ébranlée et anéantie, une jeune fille que je ne reconnais plus. Quand j'ai les bleus, habituellement, je fais jouer des vieux films en noir et blanc ou je hurle dans mon oreiller pour expulser la rage ou la peine qui me dévore, mais aujourd'hui je sais qu'aucune de ces solutions — dont l'efficacité a pourtant été démontrée — ne saurait apaiser mon courroux.

Je suis consciente que personne n'est mort, que je suis en parfaite santé, que j'ai de la chance de vivre au sein d'une famille à l'aise et de pouvoir jouir d'une bonne éducation, mais peut-on avoir mal, se permettre d'être triste et ravagée même si notre existence n'est pas au fond du gouffre ? Je me questionne réellement lorsque la honte d'être si choyée et pourtant si affligée m'envahit tout à coup. Ai-je le droit de me plaindre autant ? Juste le fait d'y réfléchir, de l'envisager me fait pleurer davantage. Ce soir, dans la faible lumière des lampadaires qui jalonnent les rues désertes et brumeuses, je me sens plus seule que je ne l'ai jamais été. Je décide enfin de sortir mon cellulaire de ma poche pour appeler la seule personne qui saurait adoucir ma colère, éteindre ce feu qui m'étouffe : ma meilleure amie. À mon grand désarroi, la gazelle ne répond pas. Je laisse donc un message dans sa boîte vocale, lui disant que j'ai besoin de son soutien, mais lui précisant qu'elle ne doit pas trop s'inquiéter : personne n'est mort.

Je m'assois au bord du trottoir et passe en revue les contacts qui figurent sur mon téléphone. J'ai besoin de parler à quelqu'un, d'expliquer ma fureur, de la rationaliser. Je vois alors le message texte que Simon m'a envoyé plus tôt. Je réponds : « *Kes tu fou ?* » (je ne prends même pas le temps d'épeler comme il faut). « *Des devoirs* », m'écrit-il quelques secondes plus tard. « *J'arrive* », répliqué-je en me relevant comme une sauterelle. Pauvre gars, il doit se poser des questions. « Est-ce vraiment Maude, celle qui n'a pas daigné me parler pendant une éternité pour des raisons nébuleuses, qui rapplique chez moi sans avertissement ? » se dira-t-il. Simon se rassurera probablement en évoquant l'une des deux grandes vérités de l'existence : les femmes sont folles, et les adolescentes, bipolaires (les hommes, eux, sont des trous de cul, mais ne nous égarons pas).

Je n'ai pas à attendre l'autobus très longtemps : dès que je m'assois dans l'abri chauffé, je vois poindre son nez au coin de la rue. Je passe ma carte Opus et prends un siège au centre, près d'une fenêtre entrouverte. La brise fraîche qui, en temps normal, pourrait tempérer mes ardeurs et m'amener à rationaliser la situation n'a aucun effet sur moi aujourd'hui. Il n'y a que le futur mariage de ma sœur, son mauvais choix de partenaire et l'égoïsme de ma mère qui gouvernent le fil de mes pensées. Le trajet me paraît anormalement court ; le désarroi peut avoir des répercussions bien étranges sur l'écoulement du temps. Je descends du bus et parcours d'un pas décidé les quelques mètres qui me séparent de la maison de Simon. Arrivée face à la porte d'entrée, je crois entendre une petite voix intérieure qui hurle du plus profond de ma conscience, m'ordonnant de m'enfuir loin de ce garçon et de ses yeux bleus magnétiques, mais je choisis de ne pas l'écouter. Après tout, je crois que c'est maintenant clair : rien ne peut aller plus mal en ce jour exécrable. Avant même que j'aie le temps d'appuyer sur la sonnette, la porte s'ouvre sur le visage perplexe de mon « ami » (à ce point, les guillemets sont toujours de rigueur), qui se demande certainement quel terrible événement me fait choisir son épaule pour pleurer, ou crier dans ce cas précis. J'entre sans cérémonie dans son bungalow accueillant. Ses parents sont assis dans le salon et écoutent une émission sur l'actualité. Le tumulte que je provoque en entrant les sort de leur torpeur.

— Maude ? disent-ils en chœur.

Anne et Gérard sont aussi surpris que leur fils de me voir débarquer soudainement sous leur toit.

Ne voulant pas trop s'immiscer dans la vie de Simon, ils décident de contenir leur curiosité et nous souhaitent une bonne soirée. Mes yeux rougis et mon visage défait les ont sûrement convaincus de ne pas poser de questions sur les motifs de ma présence, mais il est bien trop évident que dès que nous aurons passé la porte du sous-sol, ils s'empresseront de s'interroger sur les raisons possibles de ce retour imprévu. « Pourquoi elle a cessé de fréquenter Simon déjà ? » finiront-ils immanquablement par se demander. À moins que leur fils n'ait discuté longuement avec eux de la question — ce qui m'étonnerait —, ils ne trouveront aucune piste de réponse et retourneront sans plus de discussions à leur émission. Les parents aussi sont prévisibles…

Simon me fait signe de le suivre jusqu'à sa chambre, ne voulant guère prendre le risque que ses géniteurs deviennent tout à coup bavards et trop accueillants. Dans les escaliers menant au sous-sol, je commence déjà à me justifier pour avoir quémandé son attention.

— Emilia n'était pas chez elle, alors j'ai vu ton texto et je n'ai pas vraiment réfléchi, j'avais vraiment besoin de parler.

— Pardonne-moi de te dire ça, mais ça doit être grave pour que tu t'abaisses à te déplacer jusque chez moi un soir de semaine.

— J'ai quitté la maison en claquant la porte et en criant à ma mère qu'elle ne savait pas être une bonne mère…

— Ooooh, je vois, fait-il. On parle d'une situation de crise majeure. Je déploie l'escouade antiémeute ou tu sauras te contenir?

— Je ne sais pas encore… Tout dépendra de la qualité de ton intervention psychologique, lui réponds-je en me laissant tomber sur le divan défraîchi à l'odeur de litière et orné de magnifiques motifs des années 1970; période peu glorieuse pour la décoration intérieure. Je ne sais même pas par où commencer, soufflé-je après avoir observé quelques instants les détails de la pièce aux lumières tamisées.

Un autre silence, puis je finis par lâcher:

— Ma sœur va se marier.

— Laquelle? me demande Simon, étonné.

— La sirène.

— Ariel va se marier, répète-t-il comme pour se convaincre.

— Oui, monsieur, et le choix de son époux est encore pire que l'annonce de ses fiançailles. Elle va se marier avec le stagiaire du prof Migeau.

— Le *douchebag* sur les stéroïdes qui nous parle comme si on était des enfants de maternelle ? s'écrie Simon.

J'avoue : j'aime bien qu'il partage ma colère.

— En plein lui.

— Mais c'est quoi, le rapport avec ta mère ? ajoute-t-il après avoir accusé le coup.

— Ah, c'est juste qu'elle part encore à l'autre bout du monde et me laisse entre les mains de mes sœurs comme si j'étais un animal domestique. Ce qu'elle fait tout le temps finalement, c'est juste que, ce soir, c'était la goutte qui a fait déborder le puits.

— Je pense que c'est « vase », l'expression : la goutte qui fait déborder le vase.

J'observe alors Simon avec des yeux menaçants.

— Heille, ce soir, si j'ai envie que ce soit mon puits qui déborde, alors l'expression, ça va être « la goutte qui fait déborder le puits ».

Il s'esclaffe soudainement et lance :

— Je me souviens maintenant pourquoi tu me manques autant.

Pour ne pas laisser paraître le malaise que suscite en moi cette confidence inattendue, je décide de rire à mon tour et d'ajouter :

— Ce n'est malheureusement pas l'effet que ma franchise a sur tout le monde.

Avant même que l'inévitable silence de gêne fasse son apparition dans les profondeurs de cette maison de banlieue, Simon enchaîne avec une question sur ma famille :

— À part Ariel qui fait encore des siennes, est-ce que Jasmine et Belle vont bien ?

Je suis étrangement flattée qu'il se souvienne du nom de mes sœurs et prenne le temps de demander de leurs nouvelles. Nous avons un jour, Simon et moi, été inséparables, mais cela a été si bref et cela fait si longtemps (pas vraiment en réalité, mais l'adolescence est si pénible que les années m'apparaissent parfois comme des siècles) que j'oublie qu'il a tout de même tissé quelques liens avec ma famille. Même si je sais que mes sœurs s'opposeraient probablement à ce que ce garçon revienne dans ma vie — pour me protéger, pour éviter qu'il me brise le cœur de nouveau —, je sais aussi qu'elles l'aimaient bien.

— Jasmine est encore célibataire, à son grand désarroi. Elle espère sans doute déjà rencontrer les amis ou les cousins de monsieur Univers au mariage d'Ariel.

En prononçant ces derniers mots, un frisson de dégoût me parcourt l'échine. Je me tourne alors vers Simon et pose la question qui me brûle les lèvres depuis le début de cette pénible soirée :

— Pourquoi les gens se marient encore de nos jours ?

Simon, visiblement un peu déboussolé par mon interrogation, se contente de soupirer.

— Bonne question.

— Non, mais c'est vrai, le mariage c'est un contrat purement monétaire, c'est une protection bien plus que le symbole d'une union, continué-je, légèrement emportée.

— Tu es donc ben cynique, Maude. Qu'as-tu fait de ta fibre romantique ? enchaîne mon confident.

— Je l'ai probablement rangée au même endroit que mon innocence et ma candeur adolescentes, répliqué-je en m'enfonçant dans le sofa.

Simon fait une pause avant de poursuivre, peut-être parce qu'il veut peser ses mots, affiner son opinion avant de me l'exposer :

— Je pense que c'est plus une promesse qu'un traité, comme tu l'affirmes avec tellement de vigueur. Ce n'est plus un consentement avec Dieu comme ça l'a déjà été, mais ce n'est pas non plus une assurance de revenu, comme tu le prétends. Je vois plus ça comme une preuve d'amour, un accord de fidélité.

Je le regarde, ébaubie. Comment peut-il croire une telle chose, avec tous ces divorces? La génération de nos parents n'est-elle pas un exemple de l'inefficacité de cet «accord de fidélité»?

— Tu crois vraiment ce que tu dis, énoncé-je enfin.

— Ben voyons, Maude, répond-il en replaçant les coussins du divan, je ne viens pas de te dire que je crois en la puissance ésotérique d'un gourou qui veut me soutirer tout mon argent, je te dis simplement que je crois au mariage.

— Pour moi, c'est un peu comme croire au père Noël, mais tu as tout à fait le droit à tes croyances. Je m'excuse d'être aussi abrupte, ce n'est pas ma journée, disons.

— Le premier du mois n'est jamais ta journée préférée de toute façon.

Bon, cette attention et cette gentillesse ressemblent de plus en plus à de la provocation. Pourquoi se souvient-il de mes travers (un peu barjos) avec tant de précision, pourquoi s'enquiert-il de mes sœurs et me regarde-t-il avec des yeux aussi charmeurs? Je décide de poursuivre la conversation comme si l'attirance que j'ai un jour ressentie pour lui ne revenait pas au galop en abattant une à une mes défenses.

— Mais celui-là est sans aucun doute le pire d'entre tous, déclaré-je avec consternation. Je pensais bien que j'avais le contrôle aujourd'hui.

En décidant de ne pas me présenter au cours d'éduc et d'éviter ainsi le stagiaire autolâtre qui me désespère et me fait remettre en question les valeurs de notre société et ses futurs dirigeants de la génération Y, je croyais vraiment avoir échappé au pire, avoir déjoué la fatalité. Mais elle m'a rapidement rappelé qui est le maître en faisant entrer ce vilain personnage au centre même de ma vie de famille.

Simon me regarde me plaindre avec une magnanimité et un respect peu crédibles, vu l'absurdité obstinée de mon discours.

— Mais qu'est-ce qui t'a pris de suivre cette idée ridicule de Matt ? me dit-il, visiblement curieux d'obtenir enfin la réponse à cette question.

— Je ne sais pas… Emilia tente de m'enseigner à être plus normale, moins à cheval sur mes principes, qui, je dois l'avouer, ont leurs failles. Et je crois que *loafer* un cours est un passage obligé pour un adolescent.

— C'est de loin la pire raison — mais étrangement, probablement la plus rationnelle — que j'ai jamais entendue pour justifier une absence.

— Ce n'était pas une justification, davantage un motif, lui précisé-je.

— Je ne pensais pas que tu irais aussi loin pour prouver que tu pouvais agir comme une adolescente normale, me répond Simon.

— Bon, là, on se calme… «aussi loin»… J'ai pas couché avec un professeur ou un membre du personnel ni crevé les pneus de leurs voitures, j'ai juste manqué un cours pour aller magasiner, répliqué-je avec le peu de patience qui me reste.

— On joue à *Mario*? me lance-t-il brusquement.

— Tu crois vraiment que jouer à des jeux vidéo peut calmer ma rage, dis-je, désorientée par son manque de discernement.

— Oui, fait-il simplement.

— Alors, ok.

Je suis prête à tout essayer. Si Simon croit qu'un plombier grassouillet peut m'aider à m'éclaircir les idées, à apaiser ma colère, alors j'enfourcherai Yoshi et je dominerai Luigi avec fureur. Mon ami sort d'une vieille armoire en mélamine jaunie la console de jeu mauve et grise, connue sous le nom de Super Nintendo.

— J'ai aussi la Wii, me précise-t-il, mais il y a quelque chose de très *vintage* dans cette machine qui, personnellement, me rassure et m'amuse en même temps.

Je trouve bien que Simba fasse tant d'efforts pour amortir mon impétuosité. Il aurait bien pu faire semblant de m'écouter — comme le font la plupart des gars — et attendre le moment propice pour pousser un bâillement et simuler la fatigue avant de me reconduire gentiment à la porte et de retourner à sa *game* de hockey ou à ses jeux en ligne. Au lieu de cela, il s'évertue à chercher des solutions pour me changer les idées. Même si m'inviter à jouer à *Mario Bros* est un plan plutôt farfelu, c'est tout de même une tentative louable. Simon me tend la seconde manette et met en marche l'appareil, dont le bruit de tondeuse à gazon trahit l'âge.

Dès le premier tableau, une saine compétition s'établit entre lui et moi. Notre dextérité est mise à l'épreuve et, sans trop savoir pourquoi, j'ai rapidement envie de le battre sur son propre terrain; qui a dit qu'une fille a moins de talent pour les jeux vidéo que les garçons? Pendant que je regarde le petit plombier se goinfrer de champignons magiques et d'étoiles revigorantes, une image de mes sœurs affalées devant le téléviseur du sous-sol et jouant à *SuperMario* me revient à l'esprit. Moi, petite, je regardais, timide et admiratrice, étendue sagement sur le divan-lit. Je n'avais pas le droit de jouer; j'étais trop jeune et gauche selon mes sœurs. Elles me disaient qu'une vie était trop précieuse pour être gaspillée. À l'époque, elles ne savaient pas que leurs paroles étaient sages, qu'elles m'enseignaient inconsciemment des leçons existentielles qui me seraient fort utiles pour m'expliquer, par exemple, comment l'alcoolisme de mon grand-père maternel a eu raison de sa qualité de vie et de sa vie, tout court. Ces instants font partie de mes plus beaux souvenirs de famille ; c'était juste après le départ de mon père. Comme nous venions de perdre le chef de clan, nous avons automatiquement resserré les liens et nous passions beaucoup de temps ensemble.

Le souvenir de mon père devait presque inévitablement surgir, au cours d'une journée aussi désastreuse. Je me souviens encore du moment où il est parti : son regard était vide, sans pitié ni regret, comme s'il avait fait sa part, accompli son travail, comme si sa mission dans cette maison était terminée. J'aurais préféré qu'il meure que de savoir, même enfant, que mon père me rejetait sciemment. J'étais pour lui un boulet, un obstacle à une vie facile et libre, un accident de parcours dont il a fui les conséquences au lieu de les assumer.

La tristesse et le désarroi me gagnent de nouveau ; il semblerait que même l'antidote de Simon ne puisse avoir raison de mon affliction. Je continue tout de même à jouer, mais l'entrain diminue au fil des tableaux et des mondes. Lorsque Luigi est sur point de rendre l'âme au fond des eaux, j'indique à mon hôte que je n'ai plus envie de jouer et qu'il serait temps pour moi de rentrer. La déception se lit sur ses traits.

— J'ai donc échoué dans ma tentative de diversion, me dit-il.

— Je crois qu'il est tout simplement impossible de me consoler aujourd'hui, je suis visiblement trop *flabbergasted* par les événements.

— Il n'y a vraiment rien qui te rendrait ton sourire ? Rien que je pourrais faire pour apaiser ta souffrance ?

— À moins que tu connaisses une formule miracle pour soulager les cœurs blessés et étourdir momentanément les consciences… non, je ne crois pas que tu puisses m'aider davantage, répliqué-je, un peu déçue.

Comme si je venais de lui révéler la seule solution possible pour arriver à chasser ma mélancolie, un demi-sourire se dessine sur son visage et il s'approche lentement de moi. Mon cœur s'emballe lorsque sa main droite se pose sur ma nuque. Ma conscience me somme de fuir ce malaise, et pourtant je reste là, hypnotisée par les gemmes de ses yeux et l'odeur de sa peau. Il approche ses lèvres des miennes et embrase mon corps d'une nouvelle expérience sensorielle. Je crois n'avoir jamais vécu une chose semblable ; moi qui normalement analyse, étudie et critique les comportements humains, je suis complètement sidérée par l'effet de ce geste anodin, par son emprise démesurée sur mes intuitions, sur ma lucidité. Il n'y a plus rien de cohérent dans mon esprit ; je comprends maintenant mieux pourquoi on accorde tant d'importance au sexe, à la sensualité : c'est enivrant, désarmant. Ce n'est pas l'un de ces *frenchs* langoureux qu'on nous présente, dans les produits culturels commerciaux, comme l'incarnation d'une liaison amoureuse passionnelle ; c'est davantage un baiser délicat, respectueux, savoureux. Au moment où ma langue rejoint la sienne, il recule et murmure :

— Il ne faut jamais me sous-estimer.

J'aimerais répliquer quelque chose d'amusant, d'intelligent et de sexy à la fois, mais le seul mot qui me vient à l'esprit est : « Bravo. » Assurément, je viens de révolutionner l'outrageant « merci » suivi du « je t'aime », souvent présentés dans les films comme le summum de l'insulte faite à un prétendant. Je crois que je peux abandonner tout espoir d'avoir l'air détendue et en possession de mes moyens ; aux yeux de Simon, je suis sans contredit l'inexpérimentée pathétique. Une frousse me gagne soudain ; je me dégage de son étreinte et me lève d'un bond.

— Il faut vraiment que je rentre à la maison, lancé-je. Ce n'est pas que ce n'est pas amusant et fascinant, mais…

À ce moment, je me sens encore plus ridicule que jamais je ne l'ai été. Dire à un garçon que je viens d'embrasser que son baiser m'a amusée et fascinée est probablement pire que de laisser ma grande sœur se marier avec Narcisse.

Alors que Simon me reconduit à la porte d'entrée, une tension palpable règne entre nous deux ; je ne veux pas ajouter un mot, de peur d'empirer la situation. Je frotte mes mains moites contre mon pantalon. L'idée de me frapper la tête contre un mur pour tenter de me réveiller de ce cauchemar me traverse l'esprit à quelques reprises. Lorsque nous arrivons dans le salon, où ses parents regardent toujours paisiblement la télé, mon cœur bat à un rythme sans doute dangereux d'un point de vue médical. Il est tellement évident que nous venons de commettre un acte licencieux que j'ai l'impression de porter un écriteau autour du cou sur lequel seraient inscrits ces mots : « J'ai embrassé votre fils et j'ai aimé ça. » Je traverse la pièce d'une enjambée spectaculaire et à une vitesse — certainement — inhumaine. Je leur lance un dernier « au revoir » du vestibule et marmonne « bonne nuit » à Simon avant de m'enfuir dans l'obscurité de la nuit. Vivement la fin de cette journée !

Chapitre 18

Renversement tactique

Mes pensées culbutent sans constance dans mon esprit durant mon voyage de retour. Je n'ai même pas conscience des gestes que je fais, et pourtant je me retrouve sans peine devant ma demeure, crevée et penaude. Je soulève le tapis de l'entrée pour prendre la clé qui se trouve dessous (il y a sûrement une meilleure cachette que celle-ci, mais nous ne nous sommes jamais, semble-t-il, penchées sur le sujet) et pousse la porte en douceur pour éviter d'alerter toute la maisonnée. Lorsque je franchis le porche, une voix me fait sursauter :

— Maude ?

Ma mère est assise paisiblement dans le salon, un café à la main.

— Oui ? lui réponds-je, en état de choc de la voir là.

— Viens t'asseoir près de moi, s'il te plaît, j'aimerais te parler.

Mon calvaire n'est pas terminé. N'étant pas en position de refuser (j'ai tout de même quitté la table en lui criant des insanités), je m'assois près de ma génitrice sur notre sofa brun.

— J'ai pensé à ce que tu m'as dit tantôt et…

Elle n'a pas le temps de terminer sa phrase que déjà je l'interromps :

— Je suis désolée, maman, l'annonce du mariage soudain d'Ariel m'a choquée et troublée et…

— Non, c'est moi, me coupe-t-elle à son tour, je ne suis pas assez présente pour toi, je l'ai enfin compris.

Je reste muette, mais le fait qu'elle a décidé d'écouter mes cris du cœur trace une joie probablement manifeste sur mon visage fatigué.

— J'ai toujours considéré que tu étais assez grande, poursuit-elle, que tu n'avais plus besoin d'une mère, mais les filles m'ont fait réaliser tout à l'heure, lorsque tu es partie, que je te crois responsable et autonome depuis beaucoup trop d'années. Tu as grandi vite, ma petite Maude, mais, à cause de moi, tu as sans doute grandi trop vite. Ce n'est pas normal de laisser sa fille de quinze ans pendant des mois avec trois chipies égocentriques qui ne daignent pas l'aider dans ses devoirs, lui faire à souper ou lui laisser la salle de bain le matin.

— Tu parles tout de même de tes filles, maman, répliqué-je en souriant.

— Ce sont des chipies, elles le savent et en sont même fières parfois. Et pourtant, elles, j'ai pris le temps de les élever. Imagine ce que ça aurait été si je les avais abandonnées comme je l'ai fait avec toi.

— Le mot « abandonné » est certainement exagéré. « Négligé » serait plus approprié.

— Merci de me préserver ainsi, Maude, mais je ne mérite pas ton appui, me dit-elle.

— Maman, tu exagères, tu ne m'as pas livrée aux loups un soir de pleine lune, tu as simplement décidé de penser un peu à toi après avoir consacré vingt longues années à tes enfants, lui signifié-je, de plus en plus contrariée d'avoir mis ma mère dans tous ses états.

— Je n'ai pas eu trois enfants, j'ai décidé d'en avoir quatre et ce n'est pas parce que la dernière a dix ans de différence avec ses sœurs que je dois en faire abstraction.

Je m'étends sur le divan et pose ma tête sur les genoux réconfortants de ma mère. Elle passe sa main dans mes cheveux, comme elle le faisait pour m'endormir lorsque je n'étais qu'une enfant vulnérable. Et ce soir, le mot « vulnérable » est probablement celui qui me décrit le mieux. Je repense un instant au baiser de Simon, et un sourire timide, qu'heureusement ma mère ne peut voir, vu ma position, apparaît sur mon visage.

— Maxime m'a parlé de ton absence au cours d'éducation physique cet après-midi, me dit ma mère d'une voix blanche.

La béatitude s'efface immédiatement pour laisser place à la colère (envers mon futur beau-frère) et à la crainte (que ma mère m'arrache la tête qu'elle tient maintenant entre ses mains).

— Je ne t'en veux pas, ne t'inquiète pas, me rassure-t-elle. Je l'ai trouvé plutôt *stool*, le petit culturiste. Après tout, vous avez droit à une absence non justifiée par année. Il n'avait pas à me rapporter tes méfaits à table, surtout pas dans ton dos. Tu n'étais même pas là pour te défendre.

Un sourire satisfait reprend sa place sur mes lèvres.

— Ce qui m'inquiète légèrement par contre, c'est que ce genre de comportement ne te ressemble pas, poursuit ma mère.

— Suis-je vraiment obligée de m'expliquer? demandé-je, épuisée par cette longue et pénible journée.

— Non, pas du tout, mais rappelle-toi que c'est une absence non justifiée et pas deux, précise-t-elle en riant.

— Je ne l'oublierai pas, promis.

— Et demain je vais appeler le responsable de l'expédition humanitaire pour lui dire que je n'y participerai pas cette fois-ci, dit-elle, manifestement chagrinée.

Je me retourne pour lui faire face et j'observe un instant son regard assombri, qu'elle tente de dissimuler sous un masque de sérénité.

— Non, je ne veux pas que tu annules, tu me ferais davantage de peine, lui répliqué-je sans ménagement.

— Je ne te comprends plus, Maude. Je croyais que tu voulais que je sois davantage présente pour toi, continue ma mère, déroutée.

Je prends un moment pour bien choisir mes mots.

— C'est vrai, mais tu es ailleurs aujourd'hui, et je préfère une mère moins présente qu'une mère à la maison, mais malheureuse. C'est cliché, mais c'est vrai, finis-je par déclarer.

— Merci, Maude. Parfois, j'ai l'impression que c'est toi la mère et moi l'enfant.

— Tu as encore tellement à apprendre ! m'exclamé-je en me retournant pour me mettre en position fœtale.

Elle me frappe affectueusement l'épaule en réponse à mon commentaire et embrasse ma tête tout en continuant à me caresser les cheveux. Nous restons dans cette position toute la nuit. Il ne me faut que quelques minutes pour me laisser emporter dans les bras de Morphée, et ma mère a sûrement trop de remords pour me réveiller.

C'est la voix cassée de Jasmine qui nous sort de notre sommeil au petit matin. Elle a, cette fois, choisi *Girls Don't Cry* de Fergie pour nous casser les oreilles. Ma mère se relève péniblement du divan, qui garde la forme de son corps pendant de nombreuses secondes avant de reprendre sa configuration originale. Sylvie se plaindra à coup sûr de maux de dos pendant plusieurs jours avant que son corps vieillissant oublie les affres de cette nuit. Je me rends au sous-sol changer de vêtements et attacher mes cheveux en un chignon qui, j'espère, camouflera leur propreté discutable.

Sans doute envahie à la fois de regrets et de gratitude, ma mère décide de venir me reconduire à l'école. Je tremble à l'idée de revoir Simon. Comment je dois l'aborder maintenant? Est-ce que notre statut a changé? Est-ce que nos rapprochements d'hier seront à ce point visibles sur mon visage que tout le monde saura que nous avons échangé un peu de salive? Je tente de rester calme dans la voiture pour ne pas avoir à parler à ma mère de mes expériences d'hier soir. Dès que je franchis la porte principale, je me précipite vers la case d'Emilia pour enfin raconter à quelqu'un ce que j'ai vécu. Fort heureusement pour moi, ma meilleure amie est appuyée contre sa case et écrit un texto (une véritable obsession) sur son cellulaire.

— Il faut que je te parle, lui lancé-je en lui attrapant le bras violemment et en l'entraînant vers notre escalier.

Emilia n'a pas d'autre choix que de me suivre, tant ma poigne est déterminée.

— Qu'est-ce qui se passe? finit-elle par dire en s'arrachant à mon emprise.

— J'ai essayé de t'appeler hier mais ton cell était *low bat* (je ne dis jamais ça, c'est la première et la dernière fois).

— Je sais, j'avais un souper de famille. Il est arrivé quelque chose?

— Tu ne peux pas t'imaginer, commencé-je.

Je lui relate en détail cette fin de journée remplie de surprises — bonnes et (surtout) mauvaises. Même si j'insiste sur le fait que ma sœur est fiancée à notre stagiaire de gym, tout ce qu'Emilia retient de mon histoire est ce baiser que j'ai échangé avec Simon (évidemment…).

— Êtes-vous un couple? demande-t-elle, surexcitée.

— Woh, calme-toi, Cupidon, on est loin d'être rendus là. Je lui ai dit bravo après qu'il m'a embrassée, avoué-je, honteuse.

Mon amie s'esclaffe si fort que son rire résonne et semble m'attaquer.

— Tu es mignonne, Maude, ose-t-elle me dire en posant sa main sur ma joue droite.

Je repousse sa main et la prie de ne pas me traiter comme une gamine de cinq ans qui vient de terminer son premier spectacle de ballet.

— Désolée, lâche-t-elle, mais est-ce que tu crois que ça pourrait mener à quelque chose cette fois?

— Peut-être, mais comme j'ai été déçue par Simon une fois, je ne fixe pas mes attentes trop haut.

Ce qui est amusant, c'est que c'est tellement faux; même s'il a réussi à me désenchanter une fois, je suis pleine d'optimisme et d'espoir quand je songe au couple que nous pourrions former. Alors que nous nous dirigeons vers la salle de notre cours de français, je raconte à Emilia tous les détails de ce premier baiser. Je suis assez gênée de développer sur le sujet, mais je sais que je ne pourrai tout simplement pas y échapper, alors elle a droit à une description exhaustive. Elle semble si fière de moi que c'en est embarrassant; je n'ai pas remporté la médaille d'or aux Jeux olympiques en bobsleigh, j'ai juste embrassé un garçon dans un affreux sous-sol, avec une musique d'ambiance de *Mario Bros*. Il n'y a vraiment pas de quoi s'exciter.

Je suis assez distraite durant les trois premiers cours de l'avant-midi, je prends des notes comme une automate, transcrivant des bribes de ce que disent les professeurs sans avoir réellement conscience de ce que j'écris. Quand vient l'heure du dîner, je décide, encouragée fébrilement par

Emilia, d'aller discuter avec Simon, au moins pour lui expliquer mon départ soudain et discourtois de la vieille. Je marche donc, tremblotante, nerveuse, vers sa case, alors que les étudiants, en une dense meute, se bousculent pour aller manger. Je me sens minuscule.

Lorsque j'arrive près du sanctuaire des élèves de quatrième secondaire, je me demande véritablement ce que je fais là. Mais je prends mon courage à deux mains et entre dans la pièce colorée et bruyante. Je me dirige timidement vers le fond de la salle, où se trouve la case de Simon. Il est devant, mais il n'est pas seul. Le roi de la jungle embrasse langoureusement une grande blonde portant une jupe trop courte pour la saison. Je le regarde, dépitée, dégoûtée. Je crois que je crierais comme la dernière fois si son regard ne croisait pas un instant le mien, saturé de fureur. Il s'avance vers moi en faisant signe à sa «pute» (désolée, il n'y a aucun autre mot qui me vient en tête) de l'attendre un moment. Il m'entraîne dans un coin plus tranquille de la pièce et me demande:

— Salut, Maude, ça va mieux?

Je suis tellement enragée (et ébranlée par le coup de pelle que je viens de recevoir au visage, métaphoriquement bien sûr) que l'idée de lui arracher les yeux et de les mâcher comme des gommes casse-gueules me traverse plusieurs fois l'esprit. Je reste muette de colère.

— Je m'excuse si tu as mal compris notre baiser d'hier. Je t'aurais expliqué que j'avais déjà quelqu'un en vue et que ce geste ne voulait rien dire, que je voulais simplement te consoler, mais tu es partie si vite que je n'ai pas eu le temps de faire cette mise au point, déclare le chien sale. Tu es comme ma petite sœur, Maude, renchérit-il, et comme tu semblais inconsolable hier, j'ai cru qu'un baiser pourrait apaiser ta souffrance (oui, oui, il semblerait qu'il frencherait sa soeur).

Sans que ma conscience ait sciemment dicté ce réflexe à mon corps, je lève mon genou et, avec une puissance insoupçonnée, je frappe Simon directement dans les couilles. Il s'écroule par terre en poussant des cris de douleur et, moi, je ressors de la pièce en fulminant. Je décide de m'échapper à l'extérieur pour canaliser mes énergies et mes émotions. J'ai l'impression d'avoir été flouée. Encore une fois, on m'a prise pour une enfant; oh, la pauvre petite fille qui n'a jamais connu l'amour et ses douceurs. Je voudrais crier, mais, au lieu de cela, je sors un crayon de mon sac et quelques feuilles de papier. Sur la première, j'écris : « Je hais l'adolescence. Et je hais encore plus tous ces vieux cons qui s'entêtent à me faire croire que c'est la plus belle période de l'existence… »

Remerciements

J'ai toujours dit que si *Maude ou comment survivre à l'adolescence* était un jour publié, je remercierais les gens qui m'ont permis de traverser ma propre adolescence. J'ai eu une jeunesse tumultueuse, remplie d'embûches, de blessures, d'incompréhension. Mais s'il y a une chose dont je peux me vanter, c'est d'avoir trouvé des alliés et reçu de l'amour, en quantité infinie.

D'abord, sans cette mère poule toujours trop inquiète et protectrice et ce papa persévérant et fonceur qui a toujours su trouver les mots - même si ce n'étaient pas toujours les bons -, je ne serais pas parvenue à publier mon premier roman, réalisant ainsi un rêve que je chérissais depuis si longtemps. J'ai des parents merveilleux, complémentaires, qui ont fait de moi une femme complète et comblée. Leurs nouveaux partenaires de vie ont aussi su prendre une place prépondérante dans mon cœur. Merci, Fleurette et Louis.

Merci à « mes amis d'à côté » ; Géraldine, Alexandre, Florence et Roxane, que je considère depuis toujours comme des membres de ma famille. Sans eux, l'adolescence aurait été un fardeau encore plus grand.

Merci à Michèle pour sa loyauté et son humilité. Merci de m'avoir tendu la main à un moment où, prisonnière d'un puits, je ne voyais plus la lumière du jour. Merci à mes amies du secondaire ; Marie-Claire, Laurence, Josée, Amélie, Laura, Mireille et les autres qui mettaient, chacune à leur façon, un peu de soleil dans mes journées sombres.

Merci aussi à ma cousine Marie-Josée qui m'a reconduite chaque matin et chaque soir à l'école et m'accueillait dans sa classe quand l'adolescence faisait trop mal.

Merci à Vanessa, ma puce, à sa mère Caroline et à son père Mario, qui m'ont recueillie chez eux pendant de nombreux étés, quand j'avais besoin de fuir mes repères et ma détresse dévorante.

Maintenant adulte, je ne pourrais passer sous silence Alex et Élise, sans qui mon existence serait beaucoup plus terne. Ils ont fait de moi le tiers de leur couple, et je leur en suis pour toujours reconnaissante.

Merci à Joé qui m'a offert une carrière sur un plateau d'argent, et son amitié en prime. Sans ta foi en moi, jamais je ne serais la femme que je suis aujourd'hui. Je te dois beaucoup.

Merci également à mes collègues de *Cinoche*, Guillaume, Karl et Pascale, qui font de chacune de mes journées un bonheur renouvelé.

Merci à Michel Brûlé et à son équipe qui ont su croire en moi et m'accompagner à chacune des étapes de ce processus, nouveau pour moi.

Merci à mes deux familles soudées, les Lepage et les Boily, à mes copines de Paris, Léo et Marie, à Marie-Anne, à la gang de Neufchat, à mes collègues de Libéo, à Joël et sa douce Michèle, et à tous ceux qui ont influencé positivement ma vie, que jamais je n'aurais pu croire si prolifique et imprévisible.

MARQUIS

Québec, Canada

RECYCLÉ
Papier fait à partir
de matériaux recyclés

FSC® C103567

Imprimé sur du papier Enviro 100% postconsommation
traité sans chlore, accrédité ÉcoLogo et fait à partir de biogaz.